Hopeless romantic

Tome 3

Mot de l'éditeur

Evidence Editions a été créée dans le but de rendre accessible la lecture pour tous, à tout âge et partout. Nous accordons une grande importance à ce que chacun puisse accéder à la littérature actuelle sans barrière de handicap. C'est pourquoi nos ouvrages sont disponibles en format papier, numérique, dyslexique, braille et audio.

Tout notre professionnalisme est mis en œuvre pour que votre lecture soit des plus confortables.

En tant que lecteur, vous découvrirez dans nos différentes collections de la littérature jeunesse, de la littérature générale, des témoignages, des livres historiques, des livres sur la santé et le bien-être, du policier, du thriller, de la littérature de l'imaginaire, de la romance sous toutes ses formes et de la littérature érotique.

Nous proposons également des ouvrages de la vie pratique tels que : agendas, cahiers de dédicaces, Bullet journal, DIY (Do It Yourself).

Pour prolonger le plaisir de votre lecture, dans notre boutique vous trouverez des goodies à collectionner ainsi que des boxes livresques disponibles toute l'année.

Ouvrir un livre Evidence, c'est aller à la rencontre d'émotions exceptionnelles.

Sissie Roy

Hopeless romantic
3 – Fear

Couverture : **Chloé S.**

Publié dans la **Collection Vénus**

ÉVIDENCE ÉDITIONS

À ma petite Elo

When life leaves us blind

Love keeps us kind.

The messenger – Linkin park

Prologue

James

Ma maison est devenue un champ de bataille. Une véritable mine d'or pour les jouets, les poupées, les putains de Lego sur lesquels je marche inlassablement. Non, mais y a-t-il quelque chose qui fait plus mal que ça ? En fait, non, je suis même persuadé qu'une blessure par balle est moins douloureuse. Si vous n'avez jamais mis le pied sur un de ses trucs, vous ne pouvez pas comprendre.

J'exagère à peine !

Mon petit monstre, Zélie, a trois ans, les cheveux noir corbeau et mes yeux sombres. Comme tous les parents vous le diront, mon enfant est la plus belle. Parfois un peu chiante, mais je suppose qu'elle tient cela de sa mère, et non de moi. En fait, elle est réellement la plus jolie. Elle a une bouille adorable qui me fait craquer chaque fois que je la vois. En fait, ma fille est aussi légèrement manipulatrice et sait très bien faire ses petits yeux de chien battu pour me soutirer tout ce qu'elle veut, des bonbons, un nouveau cahier à dessin dont elle n'a absolument pas besoin, car elle en a des dizaines à la maison. Depuis quelques semaines, ce qui fait son bonheur, c'est toujours plus de Lego dans le but que je lui construise un château de princesse avec deux dinosaures T-rex pour le protéger. Allez savoir pourquoi, quand elle a lancé l'idée, je ne lui ai pas dit que c'était impossible. Maintenant, je passe mon temps sur les sites de petites annonces pour trouver deux putains de T-rex. Pourquoi des dinosaures ? Je ne sais pas, le cerveau de ma fille est insondable. Moi qui croyais que les petites filles ne jouaient qu'à la poupée et voulaient avoir de jolies robes de princesse, je me suis bien trompé. Peut-être que ma fille est cassée et qu'un truc cloche, mais, en même temps, j'adore son unicité. Lacey me répète sans arrêt qu'on doit la laisser choisir ce qu'elle aime, les goûts et les passions n'ont pas de limite. Donc si mini-miss aime les dinosaures, nous devons la laisser faire. Ouais, bien, elle devrait raconter cela à mon pied parce qu'il n'est pas du même avis et il est encore légèrement traumatisé de la dernière fois où un Lego lui a brisé le talon.

— Au dodo, princesse.

— Papa, ne veux pas dormir ! lance-t-elle en se frottant les yeux de ses minuscules petites mains.

Pourquoi est-ce que les enfants ne veulent jamais aller au lit ? À mon âge, je cherche toujours un moyen de faire une sieste l'après-midi.

— Mon ange, c'est l'heure. Si tu y vas tout de suite, papa va aller te border et te chanter ta chanson.

Elle acquiesce d'un mouvement de la tête et file en courant vers sa chambre. Lacey s'avance vers moi vêtu d'un short en jean et d'un de mes t-shirts trop grands pour elle. Bon sang que j'adore quand elle porte mes vêtements. Encore après toutes ces années, personne n'est sexy comme elle. Ses longs cheveux sont teints en mauve et attachés en une haute queue-de-cheval.

— Où est passé le petit monstre ? demande-t-elle avec un sourire.

— Je l'ai envoyé dans sa chambre, elle m'attend pour que je lui chante sa chanson.

Ma petite amie passe ses bras autour de mon cou et presse ses lèvres contre les miennes. Cette femme, je l'aime, je ne désire personne d'autre qu'elle et j'admets que le chemin a été long et tortueux avant que l'on puisse être ensemble. Je crois même que rien ne nous séparera jamais. Cependant, je ne l'échangerais contre rien au monde puisque maintenant, nous sommes plus soudés que jamais. Parfois c'est encore difficile pour Lacey, j'imagine qu'être la seule survivante d'un accident qui a coûté la vie à son groupe est vraiment quelque chose d'impossible à oublier. Quand nous avons appris que nous attendions une petite fille, je lui ai fait la suggestion qu'elle porte le prénom de sa sœur. Bien que touchée par ma proposition, elle m'a annoncé qu'elle préférait que notre fille ait le sien bien à elle. Selon l'étymologie de ce prénom, les personnes qui le portent sont sanguines, secrètes, susceptibles et plutôt renfermées. On s'est dit que l'on n'était pas au bout de nos peines, mais nous avons eu un coup de cœur pour ce prénom, alors le reste nous importait peu. Heureusement, notre fille a un caractère bien à elle. Si c'est bleu et qu'elle décide que c'est rouge, impossible de lui faire entendre raison et nous devons nous plier à son choix. Lacey et moi jouons le jeu, mais parfois je me dis que nous devrions peut-être être plus fermes avec elle.

— Beurk ! s'écrie Zélie depuis l'entrée du salon.

— File, jeune fille, et mets-toi au lit ! J'arrive dans deux minutes. Je dois parler à maman avant de te chanter ta chanson.

Notre fille reprend le chemin de sa chambre, non sans émettre un soupir d'impatience. Chaque fois qu'elle fait ça, Lacey et moi ne pouvons nous empêcher de pouffer de rire.

— Que voulais-tu me dire ?

Je passe mes bras autour de sa taille et l'attire contre moi. Ma bouche se dépose au creux de son oreille et celle que j'aime glousse de plaisir.

— Tout à l'heure, on va tenter le petit monstre numéro deux.

Lacey éclate de rire avant de secouer la tête.

— Mister Combs, tu devrais savoir que tu n'as pas besoin de me promettre un deuxième enfant pour que l'on fasse l'amour.

— Tu te méprends sur mes intentions, je sais que tu ne peux résister à mon corps de rêve. Tu n'as jamais su. Tu étais si belle avec ton gros ventre et tes envies culinaires bizarres que j'ai envie de te revoir ainsi.

— On en reparle ce soir ! Maintenant, va t'occuper de notre fille !

J'exécute les ordres de la femme de ma vie. C'est la première fois que j'évoque l'envie d'avoir un deuxième enfant. Lacey n'en avait jamais parlé non plus et je me demande même si elle en a envie. J'ai grandi dans une famille nombreuse et j'aimerais que Zélie ait des tonnes de frères et sœur. Bon ! D'accord, peut-être pas des centaines, mais un ou deux de plus, ça ferait amplement mon bonheur.

Lorsque j'entre dans la chambre de ma fille, elle est déjà sous les couvertures et m'attend avec impatience les mains jointes sur son abdomen.

— Papa ! Guitare !

— La chanson *a capella*, ça ne te dit pas ?

— Non ! Guitare !

Quand la princesse exige, le papa s'incline. Je repars au salon récupérer mon instrument. Lacey sourit en me voyant revenir, puis repartir avec ma gratte. Une fois installé sur le rebord du lit de ma fille, ma guitare bien calée contre ma cuisse, j'entame les premières notes d'une mélodie apaisante.

Quand tu fermeras les yeux et que tu t'endormiras,
Je serai là et peindrai tes rêves de magnifiques couleurs.
Je choisirai celles que tu aimes.
Peu m'importe si tu changes d'idée toutes les minutes.
Je serai là et peindrai tes moindres désirs.

Je ne pourrai plus vivre cette vie sans toi.
Tu es ce dont j'ai toujours rêvé.
Je te montrerai ce que le monde peut t'offrir,
Oubliant sa laideur pour que tu ne sois jamais triste.

Quand tu pleureras, j'essuierai tes magnifiques yeux sombres,
Je peindrai tes chagrins avec de vives couleurs,
Pour que plus jamais tu ne sois déprimé.
Je peindrai tes rêves pour qu'ils te semblent plus accessibles.

Je te regarderai danser sous la pluie, courir pieds nus dans le sable,
Vivre les plus beaux instants de ta vie alors que je deviendrai vieux.
Mais je continuerai à peindre ton monde pour qu'il soit à la hauteur de tes espérances.

Je termine la chanson, Zélie ne dort pas. En fait, elle ne semble pas être fatiguée du tout. Elle me fixe de ses grands yeux noirs et patiente en espérant que je la lui chante encore. Je dépose ma guitare et me penche pour l'embrasser sur le front.

— C'est l'heure de dormir, ma princesse.

— Pas envie ! Encore ! Encore ! Chanson !

— Tu dois dormir, il est déjà tard. Si tu t'endors rapidement, papa va t'apporter à la plage dès qu'il aura terminé de bosser au studio.

— On fera un château ? Maman va venir ?

— Oui, on en fera un, et si ta mère veut venir, elle pourra.

Ma fille hoche de la tête et se tourne vers le mur. Les sorties en famille à la plage sont une des choses qu'elle préfère. Elle adore jouer dans le sable, se baigner ou dormir sous le parasol. Je la regarde encore quelques minutes avant de rejoindre Lacey au salon.

— Tu aurais dû m'attendre, je t'aurais aidé à ranger les jouets.

— James, on doit parler. C'est très important, commence-t-elle avec un sérieux qui me déconcerte.

Quand Lacey prend cet air préoccupé, je sais immédiatement que je ne vais pas aimer ce qui va suivre. Soit elle va me passer un savon pour un truc que je ne sais même pas que j'ai fait, soit elle va m'apprendre quelque chose qui ne me plaira pas. J'inspire longuement avant de me laisser tomber mollement sur le canapé. Elle s'assied sur la table basse et prend mes mains dans les siennes.

— Qu'est-ce qu'il se passe ?

— Je suis... hum... comment dire ? Je suis perplexe concernant mon avenir, notre avenir.

Qu'est-ce qu'elle raconte encore ? Je ne me sens pas d'humeur à une conversation musclée sur la vie, ce que l'on perd, ce que l'on gagne ou encore le destin et toutes ces merdes. Je vous semble injuste ? Peut-être que je le suis, mais un homme ne fonctionne pas comme une femme. On ne s'inquiète pas de tout et de rien comme vous. Puis, ces conversations-là, nous les avons eues des centaines, voire des milliers de fois avec Lacey.

— Qu'est-ce que tu racontes ?

— On avait dit que je repartirais en tournée bientôt. On a même bossé sur mon prochain album et on a enregistré ensemble un single qui sortira bientôt…

Elle se tait comme si elle cherchait ses mots. J'aimerais l'aider et comprendre, mais je n'y arrive pas du tout. La vie de parents ne nous a jamais empêchés de faire de la musique. Lacey a sorti un album, *Black Flames* et elle est partie en tournée pendant plusieurs mois. Zélie et moi l'avons suivie. Contre toute attente, je dirais que nous arrivons à bien gérer la vie parfois rocambolesque de musiciens et de famille. Pendant ce temps, j'écrivais des chansons pour mon album solo qui est sorti il y a un an. Où est-ce qu'elle veut en venir ?

— Pourquoi tu me parlais d'avoir un autre bébé ? demande-t-elle soudainement.

— Parce que je trouve qu'on se débrouille comme des chefs avec Zélie et que j'aimerais avoir un autre enfant avec toi. Je ne dis pas que ça devrait être dans l'immédiat, mais je ne crois pas que ce sera un frein à nos carrières respectives.

Lacey plonge la main dans la poche de son short et me tend un truc blanc que je reconnais immédiatement. Je la fixe en fronçant les sourcils.

— Est-ce que…

Je ne termine pas ma phrase et le lui arrache des mains, deux lignes rosées apparaissent sur le test de grossesse.

— Depuis quand ? demandé-je, surpris.

— Je le sais depuis quelques jours, mais tu te rappelles, il y a environ six semaines, Zélie a dormi chez Kirsten et nous sommes parties en week-end en amoureux.

J'acquiesce d'un signe de la tête sans trop comprendre où elle veut en venir.

— Bien, j'avais oublié de prendre avec moi mes pilules contraceptives et j'ai pas fait attention sur le coup… Bébé deux est en route…

— Bordel de merde ! Je savais que ce week-end serait merveilleux, m'exclamé-je avec fougue. Mais pourquoi tu ne m'en as pas parlé d'abord ?

— Je ne savais pas ce que tu en penserais. Nous n'avons jamais évoqué la possibilité d'avoir un autre enfant. J'ai eu peur que tu ne sois pas d'accord, car je n'ai pas envie de me faire avorter.

J'attrape le visage de Lacey à deux mains et la tire vers moi. Je presse mes lèvres contre les siennes. Ma langue se crée un passage jusqu'à la sienne. Mes bras s'enroulant autour de sa taille la soulèvent et je la hisse sur mes cuisses.

— Si tu savais comment tu me rends heureux, mon amour.

Elle glisse sa tête au creux de mon cou et ses doigts s'enfoncent dans mes cheveux.

— Si c'est un petit mec, j'aimerais qu'il s'appelle Maverick.

— Comme dans *Top Gun* ?

Elle acquiesce d'un signe de la tête et relève son magnifique visage vers moi. Elle tente de me faire ses yeux de petit chat, mais ça ne fonctionne pas.

— Non ! Non ! C'est hideux comme prénom. Je préférais l'appeler Charlie, annoncé-je fièrement.

— Oui ! Comme l'acteur que j'aime tant et qui est beau comme un dieu, Charlie Hunnam.

Mais oui, pourquoi je n'y ai pas pensé avant ? Ce mec est sur toutes les lèvres depuis son rôle dans *Sons of Anarchy*. Ce n'est pas que je suis jaloux, loin de là même, mais Lacey m'a obligé à regarder les sept saisons, trois fois, et passait le plus clair de son temps à vanter ses belles petites fesses sans un poil. Ce n'est pas que mon cul soit poilu, mais un mec en vient à perdre patience à force.

— Oublie ça ! Je n'aime plus tellement ça ! Puis nous avons le temps de discuter du prénom, annoncé-je.

— C'est vrai, mais je pense que tu es jaloux de ses belles petites fesses blanches et rondes comme des pains !

— Lacey ! Je t'en prie, mon cul n'a rien à envier à personne, et surtout pas à Jax Teller.

Elle rit et me demande si j'ai envie qu'on aille dormir plutôt.

— J'ai bien d'autres idées en tête, ma chérie.

— Ouais, je vois ça. Je vais prendre une douche, si tu as envie, tu viens me rejoindre.

— Je vérifie que les portes sont bien verrouillées et j'arrive.

Lacey m'embrasse en me demandant de ne pas tarder. Je la regarde se diriger vers la salle de bains. Je fais une rapide inspection, puis, sur le bahut, une enveloppe à mon nom attire mon attention. Elle ne contient aucune adresse ni aucun expéditeur. Intrigué, je l'ouvre en espérant que ce ne soit pas une lettre d'une admiratrice un peu zélée. Parfois, j'en reçois de toutes sortes. Un jour, une nana m'a envoyé plusieurs dizaines de photos d'elle nue.

Je déchire le côté droit de l'enveloppe et ressors une feuille de papier ligné. Une écriture très carrée apparaît devant mes yeux.

Est-ce que tu te rappelles la nuit du 15 avril ?

Qu'est-ce que c'est que ça ? À cette date, j'étais en concert à Montréal. Lacey était là avec Zélie et je crois qu'à minuit je dormais comme un bébé dans les bras de celle que j'aime. Bon sang que les gens sont cinglés et n'ont rien à faire de leur vie ! Je déchire la lettre en petit bout, puis je fais le même traitement à l'enveloppe avant de balancer le tout dans la poubelle. Je vais rejoindre la femme de ma vie dans la douche avec l'intention de lui faire l'amour.

1

Lacey

Il y a deux jours, j'ai annoncé à James que nous allions avoir un deuxième enfant. Sa réaction frôlait le bonheur. Je ne sais pas pourquoi j'angoissais autant et me suis même trouvée un peu stupide d'avoir été aussi anxieuse. Je sais qu'il est un papa formidable et sa relation avec Zélie est parfaite. Malheureusement pour moi, la nouvelle l'a un peu rendu zinzin. Il avait réagi de la même façon lorsque je lui ai annoncé que j'étais enceinte de notre fille. S'il avait pu, il m'aurait emballée dans du papier bulle pour m'empêcher de bouger et éviter un risque éventuel de fausse couche. J'avais beau lui répéter que j'étais seulement enceinte et, surtout, pas faite en sucre ou malade, mais il n'entendait rien. Plus je le lui disais et moins il ne le comprenait. Parfois, ça m'a rendue folle, et on s'est violemment disputés, mais je sais que ça partait d'une bonne intention. Je ne lui en ai jamais vraiment voulu, car il était si mignon, si adorable et prévenant, mais j'admets que souvent j'avais envie qu'il me laisse respirer. Il m'est arrivé de m'emporter contre lui et disons que lorsque la culpabilité me gagnait, je rejetais la faute sur mes hormones de femme enceinte. Souvent, James les appelait mes *monstremones*.

Des bruits, bing, bang, boum, puis les rires de ma fille parviennent jusqu'à moi. Mon homme pousse un long soupir et je sais ce qu'il va bientôt dire à notre fille. Il va lui promettre un truc complètement irréaliste pour qu'elle se dépêche de faire ce qu'il attend d'elle.

— Zélie, il est bientôt dix heures, je suis encore en retard par ta faute.

Un nouveau rire fuse jusqu'à moi et je dois me mordre la lèvre pour ne pas pouffer.

— Pas faim !

— Papa n'a pas le temps pour tes gamineries, alors mange tes tartines rapidement. Je dois aller au studio et, toi, tu iras chez tata Bella pour que maman puisse se reposer un peu.

— Non ! Non ! Non !

— Zélie ! Cesse de faire l'enfant.

Il ne la gronde pas vraiment, en fait, il ne le fait jamais. Généralement, il se contente de lui faire de gros yeux, ce qui a le don de faire rire notre fille, car elle sait qu'il ne la dispute jamais. Quand c'est trop grave, comme la fois où elle a cassé sa guitare fétiche en voulant jouer comme son papa, il me demande de la punir. C'est donc moi qui fais la discipline, lui adore son rôle de papa parfait. J'aime les écouter lorsqu'ils croient qu'ils sont seuls, leur relation est si belle que je ne peux qu'être émue.

— Ma chérie, papa va te raconter un secret. Tu es d'accord pour ne pas en parler à personne ?

— Mais oui ! Oui ! Oui ! s'écrie notre fille.

— Chut ! J'aimerais avoir un deuxième petit bébé comme toi.

— Non ! Ne veux pas ! Pas de bébé ! Juste moi !

— Ah ouais ! C'est vrai, pas comme mon petit monstre, je la voudrais un peu moins chiante.

— Pas chiante ! Pas gros mot, papa ! Pas le droit ! Maman veut pas.

Je souris, sors de ma cachette pour me diriger vers ma fille. Rapidement, je dépose un baiser sur sa tête et embrasse James.

— Qu'est-ce que vous complotez vous deux ? demandé-je, amusée.

— Rien ! La mini miss ne veut pas manger ses tartines.

— Pas beurre d'arachide ! Nutella ! s'écrie Zélie.

— Ah ouais ! Si tu n'en veux pas, je vais les manger, réplique James.

Il tend la main, mais Zélie lui lance sa tartine qui entre en collision avec sa joue. Je sais que je ne devrais pas rire, mais c'est plus fort que moi, car James arbore une expression mi-choquée, mi-amusée. La sonnette d'entrée retentit et j'annonce que je vais répondre en pouffant de rire. Notre fille, fière d'elle, scande le mot Nutella sans discontinuer. J'entends James marmonner faiblement qu'il va lui faire une tartine comme elle l'aime, mais qu'il ne veut plus qu'elle lance de la nourriture.

J'ouvre la porte et découvre un livreur Fedex qui a déposé à ses pieds trois énormes cartons bruns. J'avais oublié que James attendait une livraison pour son groupe.

— Bonjour, j'ai un colis pour M. James Combs.

— Je suis sa femme.

Je signe le bon de livraison et tire les cartons dans l'entrée en soufflant. Par chance, James ne me voit pas faire, car il y a fort à parier qu'il me disputerait sur-le-champ pour avoir bougé les lourdes boîtes sans l'attendre. Sur le bahut repose le courrier des deux derniers jours. James l'a récupéré à la sortie du studio hier et, comme d'habitude, il le laisse traîner là pour que je m'en occupe. J'attrape les enveloppes en pestant légèrement contre mon chéri. Il y a trois factures, des publicités et deux lettres qui ne me disent rien qui vaille. Depuis quelque temps, nous recevons des missives quelque peu bizarres. Somme toute, j'arrive à les intercepter avant James, mais depuis, elles se multiplient à grande vitesse. Elles sont généralement pleines de sous-entendus concernant James et une aventure qu'il aurait eue. Impossible pour moi de les croire et, voulant éviter à mon chéri plus de stress qu'il n'en vit déjà, je ne lui en parle pas. Contrairement aux autres fois, une m'est adressée. Mes mains tremblent et il m'est difficile de les arrêter.

J'ouvre la première enveloppe. Des mots collés grossièrement sur une feuille de papier se dévoilent devant mes yeux.

« Je sais que tu ne lui transmets pas mes lettres, salope. Fais gaffe à ce qu'il n'arrive rien à ton enfant. »

Zélie ! Ma fille ! Bon sang ! Dans quelle situation de merde nous sommes ? J'hésite, je ne sais plus ce que je dois faire. Dois-je en parler à James ? Dois-je appeler la police ? Si je lui montre, James va devenir dingue. Quelle sera sa réaction ?

— Ma chérie ? Qui c'était ? s'écrie James en venant vers moi.

Je plaque un faux sourire sur mon visage et lui montre les cartons. Zélie arrive derrière son père en courant, du Nutella sur les joues.

— Cadeau ! Moi !

— Oh, ma chérie, je crois que c'est pour papa.

Notre fille s'en fout et tire le plus gros carton vers elle.

— Génial ! Ça doit être ma *band merch*[1] pour Broken Skull.

1 Marchandise pour groupe de musique offert à la vente ; t-shirts, casquettes, hoodies, etc.

Comme un enfant à Noël, il ouvre le premier carton et s'extasie devant ses t-shirts noir, bleu marine et rouge, casquettes et hoodies dans les mêmes couleurs ornant une tête-de-mort fracturée en deux. Zélie l'aide avec grand plaisir à retourner l'entrée en bordel incroyable. Je les regarde faire, mais je n'arrive pas à en éprouver du plaisir.

— Ça va ? Tu as l'air bizarre, commence James.

— Une petite faiblesse tout simplement, annoncé-je d'une petite voix.

— Va t'étendre et j'amènerai ce petit monstre chez sa tata Bella.

— Non, ne t'inquiète pas, je vais bien. J'ai simplement besoin de boire un peu d'eau.

James me fixe, un malaise semble vouloir se pointer le bout de son nez et ne pas vouloir me quitter. Des points noirs dansent devant mes yeux. J'appuie ma main contre le mur pour ne pas m'écraser au sol. Rapidement, je deviens très nerveuse et plus il me regarde, moins je suis en mesure de garder mon sang-froid.

— Lacey, tu es toute pâle. Qu'est-ce qui se passe ? Va t'asseoir au salon, je t'apporte un verre d'eau.

J'acquiesce d'un mouvement de tête et file sans demander mon reste. Comme un automate, je me dirige vers le canapé et me laisse tomber lourdement dessus. James est rapidement près de moi avec Zélie et me tend un verre d'eau alors que notre fille grimpe sur le divan et se colle contre moi.

— Maman, malade ? demande-t-elle avec une petite inquiétude dans le regard.

— Non ! Tu sais comme papa ronfle la nuit, bien, il a empêché maman de dormir, car il ronflait comme un tracteur.

Zélie tourne la tête vers son père faisant voler dans tous les sens ses cheveux noirs.

— Papa ! gronde-t-elle.

Le regard de James descend vers les lettres que je tiens toujours aussi serrées dans ma main. Tout de suite, je vois dans ses yeux de l'angoisse. Est-ce qu'il saurait ? Est-ce que j'aurais laissé passer une enveloppe et il l'aurait découverte ? Nerveuse, je les fourre dans la porte de mon jeans sans réfléchir en espérant que mon geste passe inaperçu. J'ai tout de suite l'impression que les deux lettres me brûlent la chair au travers de mon pantalon. Instinctivement, je glisse ma main à l'intérieur et les replace.

— J'ai du courrier ? demande-t-il.

— Non ! Ce ne sont que des factures.

— Je crois que tu devrais te reposer, ma chérie. J'emmène Zélie chez sa tata Bella pour dormir et nous pourrions nous faire une soirée d'amoureux. Qu'en penses-tu ?

— Je ne sais pas si Arabella sera disponible, soufflé-je.

— Laisse-moi m'occuper de tout ! Toi, tu te reposes, d'accord. Tu dois penser à notre petit bébé.

J'acquiesce d'un signe de la tête, mais tout ce que j'ai envie de faire, c'est qu'il parte pour que je puisse contacter ma mère. Eh oui, avoir un bébé nous a énormément rapprochées. Elle est très proche de sa petite-fille et elles ont un lien que nous n'avons jamais eu. Je ne suis pas jalouse, je dois même avouer que je me sens très privilégiée de voir ma mère et ma fille avoir une connexion aussi forte. Je crois que les regrets et les remords doivent être laissés à l'endroit qui leur convient le mieux, c'est-à-dire, le passé. Sinon, ça nous pourrit la vie et nous empêche d'avancer correctement. Je ne dis pas qu'il ne m'arrive pas d'être chamboulée par ce qui m'est arrivé, mais j'arrive à mieux gérer le tout. La différence est que, maintenant, je ne me lève plus chaque matin en me demandant pourquoi je ne suis pas morte dans la nuit. Je le fais en me disant que je suis chanceuse d'être vivante et que je dois en profiter à fond.

— Je vais aller dans le lit, d'accord ?

James est inquiet, je le vois bien. Impossible de le nier, car ça transparaît dans chaque pore de sa peau. Je sais qu'il n'a qu'une envie et c'est de me suivre pour m'accabler de questions sur ma situation. Je ne peux pas lui avouer que mon état ne provient pas de la grossesse, mais de ces lettres que je cache dans la poche de mon jeans. Je ne peux pas non plus lui cacher que des menaces ont été faites à notre fille.

James vient me trouver dans la chambre après dix minutes. Il a habillé Zélie, elle a revêtu un t-shirt à l'effigie de Broken Skull et une jupe en tulle noir. Elle ressemble à une petite punk rockeuse avec ces habits et les deux petites couettes qui décorent sa petite tête. James la soulève et l'assied sur le lit. Tout de suite, elle vient se blottir contre moi et me regarde.

— Dodo chez tata Bella !

— J'ai appelé ton amie et elle est d'accord pour garder Zélie à dormir ce soir, m'annonce James.

— Est-ce que tu peux annuler ta journée et la passer avec moi ? demandé-je d'une petite voix.

James me regarde un très long moment avant d'acquiescer d'un signe de la tête.

— Oui, je vais contacter Aaren et reporter. Pour le moment, je veux que tu dormes et je reviens dans une petite heure.

Il se penche, m'embrasse et, avant qu'il se redresse, je murmure :

— Reviens vite !

Je crois qu'il perçoit la peur dans ma voix, car il me fixe longuement l'air inquiet.

— Qu'est-ce qui se passe, Lacey ?

— Emmène Zélie chez Bella et reviens vite. Je te raconterai tout, murmuré-je.

— Non, tu dois me dire…

— S'il te plaît, James. Notre fille est là, ce n'est pas le moment.

Il acquiesce d'un signe de tête.

— Je reviens rapidement.

Il dépose un baiser sur mon front et quitte notre chambre en compagnie de Zélie, qui, avant de passer la porte, me lance un regard par-dessus son épaule. Je crois que je recommence à respirer que lorsque j'entends la porte d'entrée se refermer derrière eux. J'inspire longuement et sors les deux enveloppes de la poche de mon jean. J'ouvre celle que je n'ai pas eu le temps de lire. Elle contient un papier, une feuille de couleur jaune pâle avec une écriture cursive d'une calligraphie qui m'amène à penser que l'expéditeur est une femme.

« James,

J'en ai marre que d'attendre que tu me répondes. Cette enfant est le tien et si tu ne veux pas que je contacte la presse, je te conseille de me donner l'argent nécessaire pour élever ton fils. »

Malgré les nombreuses lettres que James a reçues, jamais il n'a été mentionné un bébé. Je ne comprends pas ce qu'il se passe. Tranquillement, je me redresse et ouvre le tiroir du bas de ma table de chevet. Je sors les précédentes que nous avons eues au cours des dernières semaines. Il y en a une dizaine en tout, sept à l'écriture cursive, quatre avec des mots collés. Je passe l'heure suivante à les lire et relire à la recherche d'un indice qui m'expliquerait ce qui se passe. Je suis tellement absorbée par ce que je fais que je n'entends pas James revenir.

— Alors, toi aussi, tu en as reçu ? lance-t-il depuis l'embrasure de la porte.

Ma tête pivote vers lui, il est appuyé contre le chambranle, les bras croisés sur le torse et il me fixe. J'inspire longuement avant de prendre la parole.

— En fait, elles te sont toutes dédiées. Aucune n'est pour moi, James. Quand as-tu appris pour ces lettres ?

Il hausse les épaules et vient s'asseoir sur le lit.

— Je te jure, Lacey, que je n'ai pas couché avec personne d'autre que toi.

— Je sais, James, ne t'en fais pas. Si je parais si inquiète, c'est que cette personne a, aujourd'hui, menacé de s'en prendre à Zélie.

Mon amour crispe la mâchoire et tend la main pour que je lui donne cette lettre de menace. Tremblante, j'attrape cette missive et la lui donne. Comment est-ce que quelques phrases peuvent faire autant de mal, créer autant d'anxiété, de peur et de stress ?

— On doit appeler la police, marmonne James.

J'acquiesce d'un mouvement de la tête et inspire. James est aussi tendu qu'un ressort. Il prend son téléphone dans la poche de son jeans et compose le 911[2]. Pendant quelques minutes, il s'entretient avec le standardiste et, lorsqu'il a terminé, il me fait signe de le suivre au salon, chose que je fais sans dire un mot. L'impression qu'il est en colère contre moi me colle à la peau et me donne envie de vomir. S'il y a bien quelque chose que je déteste dans la vie, c'est quand on se dispute. Pendant de longues minutes, nous ne disons rien et mon anxiété ne fait qu'augmenter.

— Il envoie des policiers. Je vais chercher les lettres sur le lit, annonce-t-il d'une voix blanche.

Je ne dis rien, je me contente de le regarder s'éloigner, puis revenir avec ces putains de lettres dégoûtantes. Je m'en veux de lui avoir caché

2 Numéro d'urgence aux États-Unis.

leur existence, j'aimerais tellement revenir en arrière. Je lui en aurais parlé sur-le-champ et nous aurions pu trouver une solution avant. Malheureusement, c'est impossible de faire un retour dans le passé.

— Pourquoi tu ne m'as rien dit ?

— Parce que, dès le départ, je n'ai pas cru que tu me trompais. C'était juste impossible pour moi de le concevoir. Pourquoi en parler dans ce cas-là ? C'était inutile.

James me regarde un long moment avant de venir vers moi et de me prendre dans ses bras.

— Tu as totalement raison. Désolé, ma chérie, je m'inquiète tellement pour Zélie. S'il lui arrivait quelque chose, je ne me le pardonnerais jamais.

— Elle est en sécurité, James. Avant, c'était simplement anodin.

— Je sais !

Il raffermit son étreinte autour de ma taille et m'embrasse sur le dessus de la tête. Je me sens si bien dans ses bras, c'est comme si j'étais en sécurité, comme si rien ne pouvait nous atteindre.

2

James

Quand je suis revenue, Lacey n'était plus là. Elle m'avait laissé une note sur le frigo m'expliquant qu'elle devait rendre visite à sa mère. Leur relation s'est grandement améliorée et ma femme a appris à laisser passer certaines choses avec sa mère. De mon côté, j'ai préparé le salon, soufflé le matelas gonflable, pris tous les oreillers et couverture de la maison pour nous installer un petit nid douillet, nous ai trouvé une série de films sur Netflix que je suis persuadée qui plairont à Lacey. Tout est prêt pour que nous puissions passer un bon moment. Aujourd'hui n'a pas été une journée facile et je sais que ma chérie est hyper stressée. Nous avons passé une partie de la journée à répondre aux questions des policiers, les lettres seront analysées, mais de ce que j'ai cru comprendre, s'il n'y a pas d'indice ou de trace sur le papier, ils ne pourront pas retrouver l'expéditeur. Elles sont truffées de nos empreintes à Lacey et moi, ce qui n'aide pas. J'aurais aimé assurer à ma femme que tout irait bien et pour le mieux, mais je ne peux pas et ça me rend malade. La seule chose que je puisse faire est de prendre soin d'elle et lui changer les idées du mieux que je peux. Arabella a gentiment accepté de prendre Zélie pour la nuit et ainsi nous laisser un peu de temps. Même si ma relation avec la meilleure amie de ma femme n'est pas au beau fixe, je suis content qu'elle passe du temps avec notre fille et qu'elle soit proche d'elle. Malgré tout, Arabella est quelqu'un de très fort, d'intègre et d'authentique. Ce sont de belles qualités que j'aimerais que Zélie développe. J'admets que, la majorité du temps, je préfère quand elle la boucle et qu'elle ne cherche pas de poux à Aaren, mon frère. À un moment, Lacey et moi pensions qu'ils allaient former un couple, mais, finalement, ils s'en sont tenus à une relation sans attache et exclusivement sexuelle. Comme ma femme est enceinte, j'ai acheté des jus et des fruits, ainsi que des bretzels, des bonbons et un assortiment de noix, mais surtout du chocolat.

— James ! James ! T'es où ? s'écrie mon frère en entrant chez moi.

— Dans le salon, idiot !

Eh oui, je ne suis pas sympa avec mon frangin, mais il sait pertinemment que Lacey et moi avons besoin d'une soirée pour nous deux seulement, alors je ne comprends pas pourquoi il est là. Je l'ai appelé tout à l'heure pour lui signifier que je ne serais pas au studio avant deux jours. Il est impératif que je prenne un peu de temps pour ma famille.

— T'es vraiment trop sympa, lance-t-il avec un faux air offensé sur le visage.

— Qu'est-ce que tu fais ici ? Tu sais que Lacey et moi…

— Ouais, mais j'ai eu des nouvelles de quelqu'un que l'on croyait disparu, commence-t-il.

Il se tait, guette ma réaction pendant quelques secondes avant de s'asseoir sur le canapé. Une part de moi sait de qui il veut parler, mais mon cœur souhaite que ce ne soit pas la vérité. Je préférais brûler en enfer plutôt que de revoir cet homme.

— C'est... tu sais...

Aucun mot ne franchit plus la barrière de ses lèvres. C'est comme s'il était dans l'incapacité de parler. Sa respiration se bloque et je peux ressentir sa douleur en plus de la mienne. J'aimerais remédier à cette oppressante agonie qui pèse sur mon cœur et qui me rend plus que jamais vulnérable.

— James ! Je...

— N'en dis pas plus. Il est de retour.

Aaren répond par un hochement de tête, je n'avais pas besoin d'une confirmation visuelle. Si c'était possible, j'aurais préféré ne jamais savoir. Il peut faire sa vie sans nous, je m'en fous. Il peut mourir dans un caniveau, je ne me soucie pas de lui. Il peut être heureux avec une nouvelle famille, c'est correct, il ne nous mérite pas. Je préférerais ne rien savoir de lui. Après tout, il a choisi de partir, nous laissant dans la misère et la pauvreté. Sans que je m'en rende compte, mon corps se laisse tomber dans un des deux fauteuils de la pièce. Le silence plane lourd dans la pièce. Il est si pesant que nous avons de la difficulté à respirer, nos respirations s'accélèrent à tous les deux.

— Je ne sais pas quoi dire, James.

— Je ne veux rien de cet homme et j'espère que toi non plus...

Je me tais et me mords la lèvre inférieure pour que ma colère, ma rancœur et mon mal ne se déversent pas sans raison sur mon frère. Il est aussi dérangé que moi par cette nouvelle.

— Il ne mérite pas sa place dans nos vies, mais je devais t'aviser, car je suis persuadé qu'il va te contacter.

— Pourquoi il le ferait ? demandé-je, vibrant de colère.

— Parce qu'il a besoin d'argent. Je sais pas trop quoi en penser, mais soyez prudent, James.

Des tonnes de scénarios se frayent un chemin dans ma tête. Quand j'étais ado, j'aimais me perdre dans mes fantasmes impossibles. Dans chacun d'entre eux, il revenait en nous expliquant qu'il était parti pour une noble raison comme trouver un meilleur boulot et qu'on ne serait plus pauvres ou misérables. Il nous racontait son périple jusqu'au Canada où il s'était construit une nouvelle vie et nous suppliait de le retrouver. Ce qu'il y a de cruel avec ce genre d'espoir, c'est que lorsque le rêve explose et qu'il te pète au visage, la rancœur est impossible à contrôler. Autant tu as vécu dans ces chimères, autant la colère est difficile à taire, car comme les braises sous la cendre, il suffit de souffler dessus pour les ranimer. Elle est toujours là, patientant le bon moment pour revenir à la vie. C'est ce qui m'est arrivé. J'ai côtoyé des rêves cons et impossibles jusqu'à ce que la vérité soit indéniable. Ensuite, j'ai fait une croix sur cet homme, il n'était plus mon père, encore moins mon géniteur. Il n'était qu'un inconnu.

— Merci de m'avoir prévenu, lancé-je après un long moment.

Ce qu'il y a de moche quand on parle de lui, ce sont les putains de silence. Je peux compter sur mes dix doigts quand c'est arrivé, mais chaque fois, ces interruptions sont lourdes à supporter. Lui comme moi, nous réfugions dans nos souvenirs et ce n'est jamais bon. Moi, ça me ramène à une chanson de Slipknot[3] que j'écoutais en boucle à cette période de ma vie, *Tattered & Torn*[4].

---

3 Slipknot est un groupe de nu métal américain, originaire Des Moines, dans l'Iowa.

4 Chanson provenant de l'album *Mate. Feed. Kill. Repeat,* sorti en 1996

Tattered and torn (Déchiré et en lambeaux)
In the blink of an eye (Dans un clignement d'un œil)
Tattered and torn (Déchiré et en lambeaux)
In the space of a second (En l'espace d'une seconde)
Taterred and torn (Déchiré et en lambeaux)
Open my wrists (J'ouvre mes poignets)
Tattered and torn (Déchiré et en lambeaux)
Give me my lessons (Donne-moi ma leçon)
Tearing myself apart (Me déchirant moi-même à l'écart)
From the things that make me hurt ! (Des choses qui me font mal !)

Comme d'habitude, ce retour dans mon passé me ramène à des choses que j'ai faites et qui n'étaient pas sympas. Avant que je ne me plonge plus en profondeur dans la laideur, Aaren m'interpelle en prononçant mon prénom. Je relève la tête, son regard s'ancre en moi. Visiblement, il est inquiet, mais ça va au-delà de cela et je comprends qu'il vivait probablement avec le mince espoir que notre paternel revienne parce qu'il en avait envie et non pour nous sucer de l'argent.

— James ? Promets-moi que tu ne feras pas de bêtises.

Il me faut plusieurs secondes pour comprendre ce qu'il me demande. Aaren a peur que je replonge dans l'alcool, mais il ne sait pas que cette nouvelle ne fait que me conforter dans le désir de ne plus boire. Il est impératif que je le fasse pour Zélie, mais aussi pour Lacey et notre enfant à venir.

— T'en fais pas. Ce n'est pas dans mes intentions. La seule chose que je désire, c'est qu'il quitte nos vies à nouveau. J'ai une famille et il ne mérite pas de les connaître.

Pendant de longue seconde, Aaren me fixe sans prononcer un putain de mot. Cette tension me rend fou et, même si je n'ai pas envie de me noyer dans l'alcool, j'aimerais bien taper dans quelque chose pour me défouler. Je pourrais sans doute aller au gym pour taper dans un sac. Ça me ferait le plus grand bien, mais je n'ai pas envie de sortir de mon cocon.

— En passant, tu seras tonton une nouvelle fois, lancé-je pour changer l'ambiance qui règne dans la pièce.

— Non ! T'es sérieux, mec ! s'écrie-t-il. Une vraie machine à faire des bébés !

J'acquiesce d'un signe de la tête. Mon frangin se lève, je l'imite et il me serre dans ses bras pour me féliciter. Le bruit des talons hauts de celle que j'aime se fait entendre. Je pose mon regard sur elle, elle sourit en secouant son doux visage de gauche à droite. Elle sait parfaitement bien que je suis incapable de cacher un truc à mon frère. Nous sommes jumeaux et le lien qui nous unit est incroyablement fort.

— T'as pas pu tenir ta langue !

— Tu sais qu'il ne peut rien me cacher, réplique Aaren.

Lacey me fixe, elle voit que quelque chose ne va pas chez moi. Son regard se fait interrogateur, et elle me fixe pour tenter de déchiffrer ce qui se passe, mais elle n'y parvient pas. En même temps, comment le pourrait-elle alors que je ne lui parle que très rarement de cette période de ma vie. Chaque fois que nous avons effleuré le sujet, j'ai fini par lui annoncer que je lui raconterais tout lorsque je m'en sentirais capable. Contrairement à moi qui exige toujours de tout savoir immédiatement, elle respecte mes demandes.

— Félicitations, Lacey. J'espère que ce sera un petit mec cette fois.

— Tant que nous avons un bébé en parfaite santé, le reste ne compte pas.

Aaren s'avance vers elle et la serre dans ses bras en lui disant qu'elle a amplement raison.

— James m'a dit que vous songiez à l'appeler A.J., ricane fièrement mon crétin de frère.

— Ah bon ?

Ma femme fronce les sourcils en se demandant ce qu'il veut dire.

— Aaren Junior.

— Même pas en rêve ! répliquons-nous en même temps.

Hilare, Aaren nous annonce qu'il nous quitte et qu'il m'appellera demain matin pour prendre de nos nouvelles. Dès que la porte se referme derrière lui, je fonce vers Lacey et la laisse me prendre dans ses bras. D'abord, elle ne dit rien, mais, voyant que mon corps est secoué par des sanglots, elle se décolle de moi et prend mon visage entre ses mains pour ancrer son regard dans le mien.

— Explique-moi ce qui se passe, je ne comprends pas.

J'inspire longuement avant de commencer mon discours. Je lui explique que mon père est de retour dans le paysage et qu'il souhaite de l'argent. En fait, je n'ai pas grand-chose à lui dire d'autre que ce qu'Aaren m'a raconté. J'aimerais lui en raconter plus, mais je n'y arrive pas. Aucun autre mot ne sort.

— Qu'est-ce que tu m'as préparé là ? demande-t-elle en regardant la pièce.

— Une soirée en amoureux, mais j'ai plus tellement la tête à ça.

— Moi, je sais ce qu'on va faire. On va profiter de tout cela et tu sais combien ça m'est difficile de résister au chocolat quand je suis enceinte. On va discuter de notre avenir, de nos rêves et on va aussi prendre un long bain rempli de mousse.

Je souris. J'adore quand Lacey m'autorise à venir dans la baignoire avec elle. Pas seulement parce qu'on se tripote comme des ados, mais plutôt, car c'est un moment rien qu'à nous et très intime, ce qui n'arrive pas souvent depuis que Zélie est née.

— Tu sais comment me parler, toi ! Viens, on va prendre un bain.

La baignoire est remplie à ras bord avec la mousse à senteur de lilas. Lacey est blotti contre moi. Bien entendu, elle pourrait être à mes côtés, car c'est assez grand pour ça, mais je préfère sentir sa peau sur la mienne. Mes mains se sont posées sur son ventre. Il n'a pas encore grossi, même pas un chouïa, mais je sais que notre enfant grandit en elle et que notre famille ne sera que plus soudée.

— Mon père n'est pas quelqu'un de bien, Lacey, soufflé-je.

— Je sais, James. Tu veux en parler ?

— J'aimerais qu'il puisse voir le mal qu'il a laissé derrière lui, comment ça a cassé ses enfants et sa femme, mais il n'a jamais rien vu. Il n'a jamais compris que ça nous détruisait.

Elle ne répond pas, mais lève une main humide pour nouer ses doigts aux miens. Ce geste me fait le plus grand bien et me donne l'impression que nous sommes plus fort que jamais. Ensemble, nous pouvons tout vivre.

— J'ai voulu mourir. J'ai carrément voulu me suicider, annoncé-je d'une petite voix. Cet homme m'a descendu plus bas que terre.

Excepté Aaren, personne ne connaît cette histoire. Mon frère a tout de suite senti qu'un truc clochait et il m'a parlé. Honnêtement, je ne sais pas si ses paroles, il les disait pour lui ou pour moi.

Assis par terre, une chanson de Slipknot me déchirant les tympans, je fixe le vide. J'écoute ces paroles, celles qui me rapprochent de ma douleur. Hier, on nous a coupé l'électricité, maman n'avait plus d'argent pour payer la facture. La maison est dans un état lamentable et je n'ai plus rien à me mettre sur le dos. Tous mes pantalons sont trop courts, mes t-shirts élimés. J'ai l'air d'un putain de SDF à seize ans.

Aaren se laisse tomber à côté de moi. J'ai trouvé refuge dans la minuscule penderie. C'est l'endroit où je me cache quand j'ai besoin de ma solitude. Tout le monde connaît ma cachette, mais personne, sauf lui, ne vient me déranger. Il tire sur mon écouteur et l'enfonce dans son oreille. Pendant trente minutes, nous écoutons de la musique sans nous parler. Puis, il me fait signe de couper le son.

— Elle n'est pas facile, notre vie, mon vieux, commence-t-il.

— Y a pire, je présume, grogné-je.

— Dis-toi que ce ne sera pas toujours le cas. D'ici quelques années, ça ira mieux. On va faire de la musique et on sera riches.

— Plus jamais maman ne sera dans le besoin.

— On s'en fait la promesse ? demande-t-il.

Persuadé que la conversation est terminée, j'acquiesce d'un signe de tête, mais Aaren poursuit.

— Je le sens quand tu vas mal. C'est plus fort que moi, c'est notre lien et je n'aime pas ce que j'ai ressenti.

— Je vais pas faire de connerie, répliqué-je durement.

— Tu sais que si tu en fais, je te suivrai. Sans toi, notre vie n'est rien. Papa n'est plus là, mais notre famille a besoin de toi. Tu viens, on est tous au salon, éclairés par des chandelles, en train de discuter.

Je le suis, mais le cœur n'y est pas. Aaren passe son bras autour de mes épaules et m'entraîne dans l'autre pièce. Tout le monde y est et malgré cette douleur qui m'habite, je ne peux me résoudre à mourir.

Je raconte ce souvenir à Lacey, silencieuse, elle m'écoute sans m'obliger à parler.

— Nos pères ont vraiment bien merdé, finit-elle par dire. Heureusement, toi, tu es un papa remarquable.

Cette phrase a pour effet de me redonner le sourire et de la bonne humeur. Il est vrai que je tente d'être le père que j'aurais aimé avoir.

— Jamais je n'aurais pu souhaiter une meilleure personne dans ma vie, James. Je t'aime.

Je la serre contre moi doucement et lui murmure à l'oreille qu'elle est la femme de ma vie.

3

Lacey

James et moi dormons enlacés dans notre lit. Après le bain, nous avons fait l'amour tendrement et doucement, mais avec intensité comme seul James Combs sait le faire. Il m'a raconté des brides de sa vie d'ado, des séquelles laissées par son père et son absence, mais aussi la façon dont il a vécu tout cela. Si je n'étais pas déjà folle amoureuse de mon mec, je tomberais raide dingue de lui. Il s'est montré si vulnérable quand il m'a ouvert son cœur sans barrière ou crainte. Cet homme est parfait.

Quelques coups bien sentis à la porte d'entrée me font sursauter. Comme d'habitude, James ne sourcille même pas. Il pourrait y avoir la troisième guerre mondiale dans notre chambre à coucher qu'il ne l'entendrait pas. En revanche, lorsque sa fille se réveille la nuit, il est le premier debout pour vérifier qu'elle va bien. Je m'extrais donc du lit pour répondre à la porte. Avant de quitter la chambre, j'enfile une robe de chambre et sors de la pièce. Lorsque j'ouvre, je suis surprise de trouver un homme d'environ soixante ans, amaigri, sale et chancelant. Ses cheveux clairsemés ont des touches de noir et gris. Son visage est rougi à certains endroits. Il ressemble à un clochard. J'ai devant moi Rob Combs. Comment je le sais ? C'est assez simple, il a les mêmes yeux noirs que James et Aaren. J'inspire longuement avant de sortir vers la galerie et de refermer derrière moi. Cet homme, je l'ai déjà vu, mais pas d'assez près pour faire le rapprochement. Depuis quelques semaines, il est toujours au parc lorsque je m'y rends avec Zélie. Cette constatation me file la nausée. Si j'avais su que c'était son père…

Qu'est-ce que j'aurais fait ?

Impossible de le dire. Impossible d'en être certaine. Mais de l'avoir en face de moi me fait trembler de colère et d'une envie de lui hurler de foutre le camp de nos vies.

— Je ne crois pas que votre présence soit acceptée ici, commencé-je.

Rob se redresse du mieux que sa condition physique le lui permet. Mon cœur bat la chamade tant que je suis nerveuse de me retrouver en sa présence. Que fera James s'il voit son père en train de tranquillement converser avec moi ? Il serait en colère, mais surtout peiné. Même s'il dit haïr son paternel, il n'en demeure pas moins que la trahison l'a profondément blessé. Il a beau prétendre le contraire, je sais qu'il a mal et je le comprends. Mon père n'a pas été un exemple et chaque geste qu'il a posé m'a détruite. Je n'imagine même pas ce que ce doit être quand on t'abandonne pour de l'alcool.

— Vous n'avez pas à venir frapper chez moi ! Allez-vous-en immédiatement, tonné-je.

Je dois le faire déguerpir le plus rapidement possible. Bien entendu, je pourrais être plus tolérante et écouter ce qu'il veut me dire, mais je n'ai pas envie, pas avec tout ce que James m'a raconté sur son père la nuit dernière. Cet homme ne mérite pas de revenir dans la vie de celui que j'aime, et surtout pas pour lui soutirer de l'argent.

— J'aimerais voir James, s'il vous plaît.

Sa voix est rauque, irritée, presque douloureuse. Il prend appui sur la rambarde et souffle un bon coup.

— James ne souhaite pas vous voir. Je vous en prie, quitter ma propriété sinon je devrai appeler les policiers.

— Je sais ce que tu te dis, Lacey, commence-t-il en ancrant son regard dans le mien.

Je sursaute en entendant mon prénom. Comment c'est possible qu'il sache comment je m'appelle ? Même si c'est logique que ce soit une information qu'il détient, puisque James et moi sommes des musiciens assez célèbres et que nous faisons souvent les unes de magazines, ça m'intimide qu'il sache ce genre de chose. Son corps cesse de vaciller et il ancre son regard dans le mien. Il m'est facile maintenant de voir les ressemblances entre lui et mon homme.

— Tu crois que je suis un pauvre type qui a abandonné sa famille pour la bouteille. Eh bien, tu as raison, mais...

— Ce sont vos remords, pas les miens, le coupé-je.

— Ce n'en sont pas. Pour que ça en soit, il faudrait que j'aie conscience d'avoir mal agi, mais ce n'est pas le cas.

Ses mots me laissent sans voix, mais, d'un autre côté, ils me mettent dans une colère horrible. J'ai envie de le frapper, de lui hurler de foutre le camp de nos vies et de ne plus jamais revenir. J'inspire pour me calmer, mais la cruauté de ses paroles m'empêche de lui répondre alors il poursuit son monologue égocentrique.

— Je n'étais pas bien et je ne connais pas un homme qui aurait enduré cette vie.

— Je me fiche de vos raisons ou que vous ayez des remords ou non. Tout ce que je souhaite, c'est que vous ne nous contactiez plus jamais.

Pendant de longues secondes, nous nous défions du regard. L'intensité dans le sien s'éteint rapidement. Les effets de l'alcool sur son corps se font à nouveau sentir et son dos se voûte sous le poids de cet affrontement visuel. Je ne comprends pas bien ce qui s'opère en moi, mais je m'en veux de lui avoir si mal parlé. Cet homme est visiblement malade et, qui sait, s'il faisait une cure, il serait un bon père, un homme droit et gentil.

— Quittez notre propriété. Je dirai à James que vous êtes venu, mais je ne peux pas faire plus.

— Dites à mon fils que j'aimerais beaucoup discuter avec lui.

J'acquiesce d'un signe de la tête avant de mettre la main sur la poignée pour rentrer. Avant que je ne puisse m'exécuter, il m'attrape le poignet et me tire vers lui.

— Tu peux me donner de l'argent pour le taxi ? m'implore-t-il. Je suis venu jusqu'ici en marchant…

Je le fixe sans trop savoir quelle attitude adoptée. D'un côté, j'aimerais lui demander de partir, mais, d'un autre, ce type me fait pitié à mendier. Il a un sérieux problème d'alcool et il n'a probablement même pas conscience de ce qu'il fait ou demande. Puis, si je ne paye pas la course du taxi, j'ai peur qu'il reste ici et que James le trouve.

— Attendez-moi ici !

Je retourne à l'intérieur, à l'aide du fixe, je compose le numéro d'une compagnie de taxi et leur donner mon adresse. Rapidement, je plonge la main dans mon sac à main et ressors mon portefeuille. Je retourne à l'extérieur et lui tends un billet de 100 $. Je sais qu'il a de fortes chances qu'il s'achète à boire avec cet argent, mais qu'est-ce que je peux faire de plus ? J'attends tout de même que la voiture jaune se gare dans l'entrée avant de rentrer dans la maison. Pendant l'attente, jamais Rob ne m'a adressé la parole et ça me laisse un goût amer dans la bouche. C'est un peu comme s'il avait obtenu ce qu'il souhaitait, donc à quoi bon tenter de meubler les silences ? Au pire, la course lui coûtera 40 $ et il aura le reste pour picoler. Cette constatation me crée une boule au creux de l'estomac.

Je rentre avec une impression de saleté et de dégoût qui s'accroche à la peau. Bella nous ramène Zélie dans quelques heures, je devrais en profiter pour faire un peu de ménage et ranger ce que mon homme a préparé pour nous la veille. Au salon, je trouve la guitare de James sur son socle près de la table basse ainsi que le carnet contenant ses paroles de chanson. Probablement qu'au moment où je me suis endormie, il s'est levé et a écrit. Curieuse, je m'assieds sur la table basse et attrape le cahier. Immédiatement, mes yeux sont attirés par l'écriture de James.

Quinze jours avant Noël,
Treize avant l'anniversaire de ta fille.
Tes affaires en vrac dans un sac-poubelle.
La vie en désordre dans la maison.

Le temps s'envole à toute vitesse.
Tes fils sont devenus des hommes, ta fille une reine.
Tu as brisé le cœur de notre mère.
Tu as saccagé nos vies.
Des enfants cabossés par un père qui ne voulait pas d'eux.

Quinze jours avant Noël.
Aucun cadeau sous le sapin.
Treize avant l'anniversaire de ta fille.
Aucun gâteau de princesse pour l'événement.

J'ai attendu un signe, une lettre.

N'importe quoi venant de toi qui signifierais que ce n'était pas ce que tu voulais.

Et j'ai prié, prié pour que tu nous préfères à ta bouteille.

J'ai pleuré si fort que je me suis noyé dans mes larmes.

Lorsque je suis revenu à la vie, je t'ai rayé de ma tête et mon cœur.

Tu ne nous méritais pas.

Tu ne mérites pas de connaître nos joies, nos faiblesses et nos rires.

Des larmes me montent aux yeux et flirtent avec mes cils. Une envie de pleurer s'empare de moi et je suis incapable de me contrôler. Je me mords la lèvre pour faire cesser leurs tremblotements. Maintenant, je m'en veux d'avoir donné de l'argent à cet homme. Il aurait été préférable que je le mette à la porte ou que j'avertisse James. Non, ce n'est pas une bonne idée, ça l'aurait chamboulé encore plus qu'il ne l'est déjà. Cette situation me rend complètement folle. Déjà que ce n'est pas facile de faire face avec ces lettres qu'on nous fait parvenir.

— Lacey ? marmonne la voix endormie de James.

Tout de suite, je referme le carnet et le remets sur la table. James et moi n'avons aucun secret pour nos textes, mais je préfère que celui-là, il me le fasse lire de son plein gré.

— Lacey ?

Je passe une main tremblante sur mon visage et me rends compte que j'ai pleuré. Avec frénésie, j'essuie mes joues dans l'espoir que mes larmes passent incognito. Malheureusement pour moi, James débarque dans le salon au même moment.

— Tu pleures ? demande-t-il, inquiet.

— Je...

Je me tais, inspire un bon coup et continue.

— J'ai lu ta chanson.

Il s'avance vers moi, prend le cahier et déchire la page. Je tente de l'arrêter dans son geste destructeur, mais il me repousse pour me maintenir à distance.

— James ! Non ! Ne fais pas ça.

— Pourquoi ? C'est de la merde. Ce que j'ai écrit est insipide et médiocre, réplique-t-il.

— C'est faux. Ça vient de ton cœur.

James s'avance vers moi et passe ses bras autour de ma taille. Il presse ses lèvres contre mon front avant d'ancrer ses yeux dans les miens.

— T'es adorable, Lacey, mais tout ce qui touche mon paternel est misérable, odieux et pitoyable. Je n'écris que pour me vider le cœur. C'est un peu de l'écriture automatique pour me décharger de la diarrhée de pensées malsaines qui m'entoure.

— Tu sais que tu peux m'en parler, hein ?

— Je sais, ma chérie. T'as faim ? Qu'est-ce que tu dirais si on débarquait chez Bella pour le petit déjeuner et ensuite direction la plage ?

J'adore l'idée et le lui fais comprendre en m'accrochant à son cou pour l'embrasser.

— Vite ! Notre fille me manque ! lancé-je avant de me diriger vers notre chambre.

James me rejoint quelques secondes après. Je sais qu'il a jeté son carnet à la poubelle et que je donnerais tout ce que j'ai pour le récupérer, mais j'ai un peu peur de sa réaction. Pour lui changer les idées, je le laisse choisir mon maillot de bain. Bien entendu, il choisit celui qu'il juge le plus sexy pendant que je vais préparer le sac de plage pour Zélie. James me rejoint à la salle de bains pendant que je rassemble la crème solaire, des serviettes et tout le nécessaire.

Une fois en route, je tente d'appeler ma meilleure amie pour lui faire part de nos projets, mais elle ne me répond pas. Souvent, lorsqu'elle est avec notre fille, elle oublie carrément son téléphone dans une autre pièce. Soit elles se baignent dans l'immense piscine de Bella, soit elles font des dessins. Pendant que James s'est arrêté à un café pour prendre des muffins et des croissants, je tente une nouvelle fois de la rejoindre, mais sans réponse. Lorsque mon homme est de retour dans la voiture, il se moque légèrement de mon côté maman trop protectrice. Je boude un peu et, lorsqu'il me fait remarquer que j'en fais des tonnes pour rien, je mets la faute sur la grossesse, ce qui le fait bien marrer.

Une fois stationné devant l'énorme maison de ma meilleure amie, James prend le temps de m'embrasser avant que l'on rentre. Zélie est totalement à son aise dans cette gigantesque baraque. Elle y a même sa chambre, mais exige toujours que Bella dorme avec elle, chose que ma pote ne peut refuser à ma fille.

Main dans la main, nous nous dirigeons vers la porte d'entrée. Bizarrement, elle est ouverte, ce qui n'est pas dans les habitudes d'Arabella. James, qui semble trouver la situation tout aussi bizarre que moi, me pousse de sa main et me fait signe d'attendre à l'extérieur. Cependant, c'est bien mal me connaître que de croire que je vais rester là à ne rien faire pendant qu'il vérifie que tout est OK pour que je puisse entrer. Je le suis donc tranquillement. Le silence envahit la maison, alors que quand Zélie et Bella sont ensemble, c'est le chaos. Elles rigolent, papotent et s'amusent, mais surtout il y a toujours de la musique ou un dessin animé qui passe en fond sonore. On les entend souvent depuis l'entrée, mais l'absence de bruit est très inquiétante.

James a quelques pas d'avance sur moi, alors, quand il me hurle d'appeler les secours, je sursaute. Lui, il s'élance vers le salon en me criant des choses que je ne comprends pas. En fait, je ne sais pas s'il me parle à moi ou à quelqu'un d'autre.

La scène qui se déroule devant mes yeux est terrifiante, Bella est étendue au sol, gisant inconsciente. James, penché au-dessus de son corps inerte, essaie de capter sa respiration et son pouls. Il lève la tête vers moi et me hurle une nouvelle fois d'appeler les secours.

Comme un automate, je compose le numéro d'urgence et la standardiste me pose un millier de questions auxquelles, je n'ai pas les réponses. Voir mon amie étendue par terre et inconsciente est un choc qui me donne la sensation d'être déconnectée de mon corps. James crie, encore une fois, mais cette fois, c'est pour m'avertir qu'Arabella a ouvert les yeux.

— Zélie, bafouille-t-elle. Où est Zélie ?

Ma fille !

Les mots de ma meilleure amie sont pires qu'une gifle. Ils sont si douloureux que j'en perds le souffle.

Zélie ! Où est-elle ?

Impossible qu'il lui soit arrivé quelque chose de mal. Jamais Arabella n'aurait laissé quelqu'un faire du mal à ma fille. Elle est sans doute dans sa chambre de princesse et mon amie s'est évanouie pour une raison inconnue. Mon cœur bat la chamade jusqu'à mon cerveau, me donnant par la même occasion l'impression d'être engourdie. J'ai beau tenter de me convaincre que tout va bien, un truc cloche et me ramène à la réalité. Un acouphène emplit mes oreilles. J'aimerais comprendre ce qu'il se passe, mais je n'y arrive pas. Se pourrait-il qu'il soit arrivé quelque chose à Zélie ? Les lettres ! Les putains de lettre me reviennent en mémoire comme un coup de poignard en plein cœur. La peur me gagne, elle grimpe le long de ma colonne vertébrale, s'enlise dans mon cerveau et grandit jusqu'à m'embrouiller l'esprit. Mon corps ne répond plus, il devient mou et mon téléphone tombe par terre dans un bruit sourd. Mon regard se baisse et s'accroche à ma coque qui est, en fait, une photo de ma petite famille. Kirsten me l'a offert à notre dernier Noël. Son sourire est éclatant, ses yeux brillants comme à leur habitude. Je dois la voir et la prendre dans mes bras. Oui ! Elle est dans sa chambre ! Je dois m'en persuader.

Je cours jusqu'à l'endroit où elle dort habituellement. Je grimpe l'escalier sans ralentir, manquant de tomber à plusieurs reprises. Malheureusement, je trouve son lit vide, même pas défait. Nerveuse, je fonce vers une autre porte dans l'espoir de la trouver cachée dans un coin à me faire une mauvaise blague. Elle n'est pas là. Je parcours toutes les chambres, salle de bains, placard, penderie. Je fais chaque recoin possible, mais elle est introuvable.

Des voix parviennent jusqu'à moi, d'abord floues, puis plus claires. Ils sont plusieurs à discuter en bas. Peut-être qu'un d'entre eux sait où se trouve ma fille. Peut-être que James le sait. Il sait toujours tout concernant Zélie. Il sait comment me parler pour me rassurer, lui aura les mots pour le faire. James, il est mon pilier, ma stabilité, mon roc. Je descends l'escalier aussi rapidement que je l'ai monté.

La pièce est pleine de monde, d'ambulanciers, de policiers et de pompiers, mais je ne vois que lui, que l'homme que j'aime. Sur son visage s'est peinte une mine horrifiée, mais tout aussi effrayée. Je crois qu'il fondait les mêmes espoirs que moi, il espérait que Zélie soit avec moi, comme je souhaitais qu'il l'ait trouvée.

— Madame, est-ce que vous avez retrouvé votre fille ? demande un agent.

Je secoue la tête de gauche à droite. Ma gorge s'est asséchée et une vive douleur me transperce le cœur. Cette seule phrase suffit à me déchirer l'âme en deux. J'avance d'un pas vers James. Je crois qu'à ce moment-là, j'espère qu'il me fait une blague. Ce serait la pire plaisanterie de l'histoire, mais j'aurais ma fille avec moi et ne lui en voudrais même pas. Ce n'est que lorsque je vois un policier ainsi que les deux pompiers monter à l'étage pour inspecter les lieux que je perds confiance. Zélie n'est pas ici. Il n'est plus possible de faire taire la petite voix qui me rappelle les menaces que contenaient les lettres.

— Les lettres ! James… les lettres…

— Votre mari nous en a glissé un mot.

Le policier prend son talkie-walkie et demande à ses collègues de se tenir prêt, car il y a une possibilité d'enlèvement d'enfant.

Une possibilité d'enlèvement !

Rien que ces mots me détruisent, ils me blessent et me tuent. James fait un pas vers moi, mais ses jambes ne le supportent plus et il s'écroule au sol. Incapable de rester loin de lui plus longtemps, je cours vers lui. À mon tour, je tombe, mais James tend les bras et m'attire vers lui. Cette nouvelle nous affecte tous les deux de manière irréversible. James pleure, et moi aussi. Nous sommes tous les deux effrayés.

— Rien à signaler, annonce le policier qui est monté à l'étage pour trouver Zélie.

— Je lance l'avis de disparition.

Ces mots sont les pires que je n'ai jamais entendus. Même la mort de Christa, Liam et Cam n'a pas été aussi douloureuse. Cette fois, c'est violent, subit et tellement irréaliste que je n'arrive pas à y croire. Zélie, ma fille, mon bébé. James me serre contre lui, sa chaleur et son corps ont tendance à m'apaiser, mais pas en ce moment. Ma famille est incomplète. Les ambulanciers partent avec Arabella sur une civière. Jusque-là, j'avais oublié ma meilleure amie.

— Lacey, pardonne-moi, murmure-t-elle.

Une vive douleur se propage dans mon corps, remonte vers mon ventre et compresse ma cage thoracique. On vient de me briser, de me détruire en miettes. Des points noirs dansent devant mes yeux. La voix de James parvient jusqu'à moi. Il me demande de me relever, mais j'en suis incapable. Ce qui se passe en ce moment me fait trop mal. Je sombre dans la noirceur.

4

James

Perdu dans mes pensées, je fixe le vide. Je ne suis pas chez moi. Je crois que je ne sais même plus où je suis. C'est carrément comme si l'on m'avait transporté dans une autre galaxie ou un univers parallèle. Les policiers sont partis, les inspecteurs et les ambulanciers aussi. Quand ils étaient là, je pouvais à peine supporter leurs présences, maintenant que le calme est revenu, c'est pire. C'est plus douloureux, plus intense, plus réel. J'aimerais que ce le soit moins.

Le choc a été trop intense pour elle, quand elle a compris que notre fille n'était plus là, et elle s'est évanouie. Les secouristes se sont occupés d'elle. Lacey va mieux, mais, dès qu'elle a été en mesure de tenir sur ses deux jambes, elle s'est réfugiée sur la terrasse.

Un souvenir de mon adolescence me revient en mémoire. Une connerie que j'ai faite avec Aaren et deux amis, et qui avait mis ma mère dans tous ses états.

— James ! James ! Bon sang ! Qu'est-ce qui t'es passé par la tête, nom de Dieu ?

Ma mère s'égosille encore une fois. Il ne m'est rien arrivé de mal, enfin pas vraiment.

— Je vais bien, maman. Cesse de t'en faire !

Furieuse que je prenne la situation autant à la légère, elle me fusille du regard. Aaren et moi adorons plaisanter en disant que c'est son pouvoir de superhéros. Elle peut mitrailler quelqu'un et lui foutre la trouille rien qu'avec ses yeux.

— Est-ce que tu sais que je mourrais s'il t'arrivait quelque chose James Rubben Combs ? s'écrie-t-elle.

— Ne m'appelle pas ainsi, répliqué-je en secouant la tête.

— Si ça peut t'enlever la merde que tu as dans le cerveau depuis que ton père nous a quittés, je le ferai.

Sa voix a tressailli d'une façon presque imperceptiblement, mais suffisamment pour que je l'entende. Ça me fait mal de constater que le départ de mon père l'affecte à ce point. J'aimerais qu'elle soit plus forte, que rien ne la fasse faiblir.

— Je n'étais pas seul dans cette folie !

— Peut-être bien, mais ce n'est pas ton frère qui conduisait. Ce n'est pas lui qui a reçu un violent coup sur la tête et qui a été transporté aux urgences. Puis, ne t'inquiète pas, il a eu une remontrance lui aussi.

Avec Aaren, Blaise et Sam, nous avons, plus ou moins, emprunté la voiture de la vieille mémé de Sam. On a bu de l'alcool que nous avons, plus ou moins, emprunté au père de Blaise. Sur le chemin du retour, allez savoir pourquoi, mais la route rétrécissait. J'ai perdu le contrôle de la caisse et nous avons embouti un putain de palmier.

— T'as de la chance, Greta ne portera plainte contre toi.

Bien entendu, c'est moi qui dois porter la faute pour cette connerie. Je devrais lui dire que c'était l'idée de Blaise, mais que j'ai été le seul à avoir les couilles de le faire. Malgré la colère qui m'habite, je ne peux m'emporter contre elle. C'est impossible, car elle a déjà trop souffert.

— Est-ce qu'on peut rentrer à la maison ? demandé-je d'une petite voix.

— Tu as une commotion, James. Les médecins veulent que tu restes en observation pour la nuit. Ils vont évaluer ton état demain matin, m'apprend-elle.

La honte et la culpabilité m'envahissent. Nous n'avons pas les moyens financiers pour que je passe la nuit à l'hôpital. De quoi allons-nous nous priver ? Maman a dû vendre la voiture il y a un mois, elle se rend au travail à pied, car, même le bus, elle ne peut se le permettre.

— Repose-toi ! Je vais rester avec toi cette nuit, annonce-t-elle avec bienveillance.

Incapable de prononcer un traître mot, car ils sont écrasés par mes remords, je roule sur le côté et lui tourne le dos. Une chaise racle le sol. Maman vient de s'asseoir plus près de moi. Doucement, elle remonte la couverture sur moi et m'embrasse sur la tête.

— Je sais que c'est difficile, mon fils, mais je t'aime et je mourrais s'il t'arrivait quelque chose.

Elle prononce ces mots comme si cette éventualité la dégoûtait totalement. En ce moment, je donnerais le peu que j'ai pour la rassurer et lui dire que tout va bien aller, et ce, même si je ne suis sûr de rien. Des larmes que je ne peux refouler naissent au coin de mes paupières. Silencieuses, elles coulent le long de mes joues. Sentant probablement mon mal-être, ma mère pose sa main sur mon épaule.

— Je t'aime, James ! Cesse de t'en vouloir pour tout !

La phrase que maman a dite ce jour-là a toujours été gravée dans ma mémoire.

Je mourrais s'il t'arrivait quelque chose.

Je crois que je n'ai jamais compris l'étendue de l'amour qu'un parent peut avoir pour son enfant jusqu'à ce que Zélie entre dans nos vies. Maintenant, je comprends ce qu'elle voulait dire. Je préférerais rendre l'âme maintenant plutôt que de vivre ce moment.

J'ai vécu plusieurs morts dans ma vie. La première quand mon père a quitté notre famille, la seconde quand l'espoir de le voir revenir s'est éteinte, la troisième quand j'ai cru que ma relation avec Lacey était terminée, la quatrième lorsque j'ai compris que j'avais un problème d'alcool. La disparition de Zélie m'a tué. Je préfère le terme disparition plutôt que kidnapping. Pour moi, c'est moins concret. Je ne sais pas comment je parviendrai à m'en sortir sans elle.

Je retrouve Lacey sur la terrasse. Je pose ma main sur son épaule pour lui signifier ma présence. Prise dans ses pensées, elle sursaute vivement avant de se lever et de se blottir contre moi. Doucement, je passe mes bras autour de sa taille et la serre.

— On devrait rentrer, l'inspecteur Riviera m'a dit qu'il passerait à la maison pour inspecter les lieux, articulé-je avec difficulté.

— Je suis désolée, James. Je n'ai pas pu rester... Pardonne-moi.

Bien entendu que j'aurais aimé qu'elle reste avec moi, que l'on affronte cette épreuve ensemble, mais je ne lui en veux pas. C'est tout aussi difficile pour elle que moi. Je sais que je peux être fort pour nous deux.

— Ce n'est pas grave. Rentrons maintenant !

Lacey acquiesce d'un signe de tête. C'est le cœur lourd et l'esprit dans un étau que nous regagnons notre maison. Le silence qui fait rage dans l'habitacle est insupportable, mais il l'est encore moins que tous ces questionnements que nous ne voulons énoncer à haute voix.

Lorsque j'engage la voiture dans l'allée, je suis surpris de voir celle de mon frère et de Kirsten ma sœur. Pourquoi sont-ils là ? Est-ce qu'ils ont déjà été informés de la situation ? Ça me semble improbable. Lacey me lance un regard, elle semble se poser les mêmes questions que moi. Rapidement, nous sortons de l'habitacle et nous dirigeons vers eux. Immédiatement, Kirsten s'élance vers Lacey pour la prendre dans ses bras.

— Bella m'a appelée depuis l'hôpital, elle m'a raconté ce qu'elle sait.

Lacey est incroyablement droite. Immédiatement, je sens qu'elle ne va pas bien. Elle lève la main pour prendre la mienne. Ma sœur la lâche et ne semble pas s'offusquer du geste de ma femme. Une fois que mes doigts se nouent aux siens, elle se décrispe légèrement.

— Je vous remercie d'être venus, commence-t-elle avant d'étouffer un sanglot.

Triste, Kirsten plaque une main sur sa bouche.

— Entrons ! proposé-je. Nous serons mieux à l'intérieur.

Tous les quatre autour de la table, nous nous regardons, mais personne n'ose prendre la parole. Lacey et moi en sommes incapables, tandis que Kirsten et Aaren ne veulent, sans doute, pas nous brusquer. Je leur suis reconnaissante de ne pas nous accabler de questions auxquelles je n'aurais pas les réponses.

— Je ne sais pas si James vous en a parlé, mais, depuis un moment, nous recevions des lettres de menace, lance Lacey.

Sa voix est blanche, froide, presque sans émotion. Beaucoup pourraient penser que c'est de l'indifférence, mais je connais suffisamment ma femme pour savoir qu'elle est en train d'ériger une forteresse pour se protéger. Ce n'est pas qu'elle est sans émotions, mais plutôt qu'elle ne sait plus quoi faire pour se libérer de cette douleur qui l'accable.

— C'est quoi, cette histoire ? demande ma frangine, stupéfaite.

Aaren nous regarde à tour de rôle comme s'il se demandait si c'est une mauvaise blague. Bien que ce soit un truc vraiment pourri à faire à quelqu'un, je préférerais que ce soit ça plutôt que la réalité.

— Au départ, c'était que des allégations de tromperie de la part de James, leur apprend Lacey.

— Ensuite, cette femme a insinué que je l'avais mise enceinte et a commencé à demander de l'argent, continué-je.

— Et tu en penses quoi ? demande Kirsten à Lacey.

Ma femme prend ma main dans la sienne et ce geste me touche avec tellement d'intensité qu'une larme coule sur ma joue.

— J'étais toujours avec James. Quand bien même ça n'aurait pas été le cas, je n'aurais pas pu croire qu'il aurait pu me faire ça.

Rapidement, le silence emplit la pièce. Mon frère et ma sœur se lancent des regards en biais. Je ne sais pas quel message ils tentent d'échanger, mais ça ne me plaît pas. J'ouvre la bouche pour leur demander ce qu'il se passe lorsque mon téléphone sonne dans la poche de mon jean. Immédiatement, je lâche la main de Lacey et récupère mon smartphone.

— Allô ?

— Monsieur Combs, ici l'inspecteur Riviera. Je souhaitais simplement savoir si votre femme et vous étiez rentrés, car j'aimerais passer pour vous poser quelques questions concernant ces fameuses lettres anonymes.

— Oui, nous sommes à la maison. Vous pouvez passer, nous vous attendons.

L'inspecteur me salue et raccroche. Trois paires d'yeux sont sur moi, mais je me concentre sur ceux de ma femme. Ils sont remplis d'inquiétude, de crainte et d'appréhension et je désire la rassurer du mieux que je peux.

— L'inspecteur Riviera va venir nous questionner sur les lettres.

De la déception se lit sur le visage de Lacey. Elle espérait peut-être que je lui annonce qu'ils avaient retrouvé notre fille.

— Pourquoi ? Pourquoi ? On leur a déjà parlé deux fois de ces lettres. Pourquoi ne se concentre-t-il pas à retrouver notre fille ? s'indigne-t-elle.

— Je ne sais pas, ma chérie. Je suppose qu'ils savent comment faire leur travail.

— Ne me dis pas ça ! Ne me dis pas ça !

Discrètement, Aaren et Kirsten se lèvent et quittent la pièce. J'apprécie leur intention de nous laisser de l'intimité. Je tente de prendre la main de Lacey, mais elle me repousse. Ce geste me blesse et, même si je sais qu'il est dicté par sa propre douleur, il me fait mal.

— Ne fais pas ça ! m'emporté-je.

— Quoi ? Quoi ?

Elle répète plusieurs fois ce mot comme si elle créait un bouclier entre elle et moi. C'est son moyen de défense, mais, cette fois, je n'ai pas l'intention de courber le dos pour l'épargner. Ma peine, ma douleur, ma peur, tout ça est aussi fort pour elle que moi. On ne doit pas se battre, mais affronter tout cela ensemble, sinon on ne s'en sortira pas.

— Ne me donne pas le rôle du méchant. Ne me repousse pas. Ne me laisse pas porter ce fardeau tout seul.

Elle ouvre la bouche pour répliquer, mais je la fais taire en caressant sa joue du bout des doigts.

— Je préfère croire qu'ils sont compétents plutôt que de m'imaginer qu'ils avancent à l'aveuglette. Restons positifs, et ce, même si c'est difficile. Notre fille en a besoin, mais aussi le petit bébé qui grandit dans ton ventre.

La colère qui faisait rage dans son regard s'apaise un peu. Dans tous les cas, elle n'est plus tournée vers moi et c'est tout ce qui compte.

— James ? Lacey ? L'inspecteur est là, annonce Kirsten d'une voix douce.

J'acquiesce d'un signe de la tête et ma sœur fait signe à l'homme d'entrer dans la pièce. Elle sort pour aller retrouver Aaren au salon.

— Asseyez-vous, lancé-je nerveusement.

Il se pose en face de nous et sort un calepin ainsi qu'un crayon.

— Depuis que vous nous avez remis les lettres, notre équipe s'y est attardée. Nous sommes sûrs à 90 % qu'elles sont de deux expéditeurs différents.

Lacey me lance un regard inquiet et ouvre la bouche pour parler, mais se ravise tout de suite et laisse l'inspecteur poursuivre.

— Celles qui sont manuscrites proviennent d'une femme tandis que les autres sont d'un autre expéditeur.

— Comment parvenez-vous à savoir cela ? demande Lacey sans pouvoir se retenir.

— C'est une technique assez compliquée. Nous sommes persuadés que les lettres manuscrites proviennent de deux femmes.

Je serre les lèvres pour empêcher certaines paroles de franchir mes lèvres. Il se pourrait bien, si je me laisse aller à parler, que j'engueule cet inspecteur. Sérieusement ? Il base sa putain d'enquête sur la calligraphie.

— Je sais que ça peut paraître quelque peu improbable, mais la graphologie nous permet de déduire les caractéristiques psychologiques d'un individu. Grâce à l'écriture, nous pouvons affirmer qu'il s'agit bien de deux personnes.

— Et où ça nous mène ? demandé-je, agacé.

— Nous croyons que l'homme, le suspect numéro trois, n'est pas à l'origine de cet enlèvement.

Ce mot ! Putain ! Ce mot, je le déteste. Il me donne envie de vomir. J'inspire longuement pour me calmer, mais ce n'est pas évident. J'aimerais tellement entendre le rire de ma fille en ce moment ou encore qu'elle me demande de lui chanter une chanson. Je crois que je le ferais sans broncher et lui en écrirais des milliers sur tous les sujets qu'elle désire.

— Qu'est-ce qui vous pousse à croire que ce n'est pas lui ? demande Lacey.

— Tout ce qui semble l'intéresser, c'est l'argent et...

— C'est suffisant pour qu'il... pour qu'il... pour...

Je me tais, incapable de prononcer un mot de plus. Mon cœur tape si fort dans ma cage thoracique que j'ai l'impression que je vais bientôt exploser.

— C'est certain que ce n'est pas à exclure avant d'avoir découvert qui vous les a envoyés, mais j'ai une intuition et...

— Vous comptez retrouver notre fille sur des putains d'intuition ! s'indigne Lacey.

Sa colère est palpable, mais surtout compréhensible et je n'ai pas l'intention de lui demander de se calmer, car je pense la même chose qu'elle. Cet homme commence sérieusement à m'agacer avec ses théories à deux balles.

— Non, nous basons sur des faits et n'excluons aucune piste. Pour le moment, nous sommes dans le néant et nous avons besoin de votre collaboration. Y a-t-il quelqu'un dans votre entourage, James, qui aurait pu avoir des sentiments pour vous ?

— Non ! C'est vraiment stupide comme question.

— Et est-ce que vous pourriez croire que quelqu'un de votre entourage proche aurait pu faire cela ?

— Pourquoi posez-vous cette question ? C'est vraiment absurde de croire qu'un membre de notre famille ait pu faire ça !

— Dans la plupart des enlèvements, c'est un membre de la famille, un ami ou une connaissance. Je vous l'ai dit, nous n'allons exclure aucune piste, aucun suspect. Nous allons retrouver votre fille.

— Non, je ne vois pas qui pourrait m'aimer au point de vouloir s'en prendre à notre fille, répliqué-je sur un ton acide.

— Croyez-moi, monsieur Combs, quand je vous dis que l'être humain est étonnant, et pas nécessairement de façon positive.

Lacey pousse un petit cri horrifié après les paroles de l'inspecteur. Rapidement, il se reprend en nous expliquant qu'il va faire tout en son pouvoir pour retrouver Zélie avant qu'il ne lui arrive du mal.

— Je vais discuter un peu avec votre sœur et votre frère, annonce l'inspecteur.

— Pourquoi ? demandé-je, intrigué.

— L'entourage a toujours un regard différent sur bien des choses. Merci de votre temps.

Sans vraiment nous saluer, il quitte la pièce, nous laissant Lacey et moi seuls. Ma femme me lance un regard affolé. Cette visite n'a rien arrangé à notre peur et notre angoisse.

— Tu y crois, toi, à cette histoire de calligraphie ? me questionne-t-elle incertaine.

— Je n'en sais rien. Je crois que j'aimerais y croire, car ça me permet d'espérer qu'ils la retrouveront.

— Comment vont-ils faire ? Ils ne peuvent pas comparer l'écriture de toute la ville. Imagine si elle n'est plus à Los Angeles, s'écrie Lacey, paniquée.

— Nous ne devons pas penser à ce genre de chose. Restons positifs.

— Ça me rend folle, James.

— Je sais, moi aussi. Tu veux aller t'étendre ?

Elle accepte en se levant. Avant qu'elle ne quitte la pièce, je me lève et la rejoins, je passe mes bras autour de sa taille et la tire vers moi. Tristement, elle lève son beau visage vers le mien.

— Je mets Aaren et Kirsten à la porte et je te rejoins, d'accord ?

— Je t'aime, James, murmure-t-elle.

Ces mots sont les seuls réconforts de ma journée. Lacey se dirige vers la chambre tandis que je vais retrouver ma famille au salon. L'inspecteur est toujours en pleine conversation avec eux et se tait lorsque je m'avance et m'assieds sur la causeuse à côté de Kirsten.

— Lacey est fatiguée. Avec le bébé à venir, je préfère qu'elle tente de se reposer.

Ma sœur ne semble pas du tout étonnée, je suppose qu'Aaren lui a annoncé la grossesse de Lacey. Je suis soulagé qu'il l'ait fait, car je n'ai pas la force de faire une annonce en bonne et due forme.

— Est-ce que nous pouvons faire quelque chose ? demandé-je.

— Comme vous êtes connu, j'aimerais, pour le moment, tenir les médias à l'écart. Ça pourrait nuire à l'enquête de les avoir dans les pattes.

Dubitatif, je serre les lèvres. Bien entendu, je comprends sa position, mais une petite voix dans ma tête me hurle que peut-être quelqu'un aurait vu quelque chose.

— Je sais ce que vous pensez, monsieur Combs. Vous vous dites qu'un appel à la population pourrait changer les choses. Peut-être qu'une personne détient une information vitale. Nous avons interrogé tout le voisinage. Mes collègues sont encore en train de le faire en ce moment. Nous épluchons les bureaux de poste dans l'espoir de trouver quelque chose, mais, comme vous n'avez pas gardé les enveloppes, c'est plus compliqué.

— Comment vouliez-vous que je sache qu'un malade s'en prendrait à ma fille ? explosé-je.

— Ce n'est pas ce que j'ai dit, réplique-t-il calmement. Je dois vous quitter, mais je vous rappelle très bientôt pour vous tenir informé de la situation.

Quand le bruit de la porte qui se referme derrière lui retentit, je me laisse choir contre le dossier. J'ai l'impression d'être dans un putain de cauchemar et de ne pouvoir me réveiller.

— James, tu ne crois pas que papa pourrait être responsable de ce qui arrive à Zélie ? demande Aaren, inquiet.

— Je n'en sais rien. J'aimerais croire qu'il n'est pas assez taré pour faire ce genre de connerie.

— Tu as pensé à ce que tu feras si cette personne te demande du fric ? me questionne Kirsten.

— Je lui donnerai tout ce qu'il demande, quitte à vendre ma maison et tout ce que je possède. Ma vie sans Zélie est impossible. Maintenant, j'aimerais retrouver ma femme qui est dans un état pas possible en ce moment.

Tous les deux comprennent notre besoin d'être seuls et ne s'en offusquent pas. À tour de rôle, ils me serrent dans leurs bras. Triste, épuisé, la mort dans l'âme, je me dirige vers notre chambre pour retrouver Lacey. Mon instinct me dit qu'elle n'y est pas, alors, quand je passe devant la chambre de notre fille, je pousse la porte et trouve Lacey assise par terre. L'album de bébé de notre fille sur les cuisses, elle le feuillette avec des larmes dans les yeux. Je prends place à côté d'elle. Le cahier est ouvert sur une photo de notre famille à la naissance de Zélie.

— Tu te rappelles quand on est rentré de l'hôpital avec Zélie, j'avais peur qu'elle ne se réveille pas. J'allais donc la voir en cachette et tu me surprenais toujours, me remémoré-je avec un petit sourire.

— Je crois que je ne comprenais pas comment tu pensais à ce moment-là. J'étais tellement focalisée à vivre le moment présent et profiter de notre fille que je n'imaginais pas qu'il puisse lui arriver du mal.

La peine de ma femme est si violente qu'elle me heurte de plein fouet. Je passe mon bras autour d'elle et la tire vers moi. Elle se laisse aller contre mon corps et pleure sans pouvoir s'arrêter. Les larmes que j'ai refoulées toute la journée glissent de mes yeux jusqu'à mes joues.

— Tu es une mère extraordinaire. Tu as su profiter des moments que tu as eus avec elle.

— Quand tu parles ainsi, j'ai l'impression qu'elle ne reviendra pas.

— Elle va revenir, je t'en fais la promesse.

Pendant plus d'une heure, nous regardons l'album de bébé de Zélie en nous remémorant nos souvenirs.

5

Lacey

La noirceur a envahi la maison et même, si nos nuits sont toujours extrêmement silencieuses, celle-ci est la pire de toutes. Tout comme moi, James n'a pas dormi. Blottis dans notre lit, nous avons vu tourner les secondes comme des heures. Chacune d'entre elles était difficile à supporter. Dès que le soleil a pointé le bout de son nez, James s'est levé et, malgré l'odeur de jambon et bacon qui s'est rapidement répandue dans la maison, nous n'avons pas mangé.

— Tu crois que nous allons avoir un appel de l'inspecteur Riviera aujourd'hui ? demandé-je.

— J'en sais rien, mais je l'espère, réplique James, fatigué.

— Tu crois que…

Bien consciente qu'il n'a pas de réponse à mes milliers de questions, je me tais. Il n'en sait pas plus que moi. Quelqu'un frappe à la porte, James et moi échangeons un regard.

— Tu attends quelqu'un ? demandé-je.

— Non, et toi ?

En guise de réponse, je secoue la tête et me lève pour répondre, mais James me fait signe de rester là. D'un pas rapide, il se dirige vers l'entrée me laissant toute seule avec mon angoisse et ma peur.

— Lacey ! Lacey ! Viens ici et appelle l'inspecteur Riviera immédiatement.

Armée de mon téléphone, je fonce vers le vestibule et trouve mon homme debout devant une porte ouverte. Bizarrement, il n'y a personne devant lui, alors je m'avance et pose ma main sur son épaule.

— James ? Ça va ?

— Il y en a une autre. Une autre lettre. Regarde.

Il me pointe une enveloppe qui repose sur une petite boîte juste devant nous.

— Qu'est-ce qui a dedans ? demandé-je.

— J'en sais rien, mais nous devons contacter l'inspecteur. Ils ne pourront pas dire que nous avons corrompu la preuve.

J'acquiesce d'un signe de la tête et lui tends mon téléphone. Cette boîte m'intrigue beaucoup plus que cette lettre. Je ne sais pas ce qui s'y trouve et je suis aussi effrayée qu'intriguée par son contenu. James discute avec l'inspecteur pendant quelques minutes avant de raccrocher et de me rendre mon téléphone.

— Qu'est-ce qu'il a dit ? l'interrogé-je sans lui laisser le temps de respirer.

— Il envoie une patrouille pour inspecter les alentours au cas où la personne serait encore dans le coin. Il sera là rapidement pour vérifier la boîte.

Plus nerveuse que jamais, j'acquiesce d'un signe de la tête. Je ne sais plus combien de temps s'écoule quand l'inspecteur arrive enfin. James et moi n'avons pas parlé, nous avons seulement fixé cette putain de boîte en nous tenant la main.

— Bonjour, monsieur et madame Combs. Je vois que vous n'avez rien déplacé, c'est parfait, nous allons pouvoir investiguer comme il se doit.

Son ton arrogant m'irrite. Il nous parle comme si l'on était des idiots ou des incapables. La colère s'empare de moi et je n'ai qu'une envie, le frapper. Sa désinvolture m'agace et me donne l'impression qu'il ne prend pas au sérieux l'enquête. Qu'est-ce qu'il ferait si c'était sa propre fille ?

— Nous espérons que cette lettre contient une demande de rançon et que ça nous permettra d'avancer.

Sa voix est transpercée de fierté, d'espoir et d'assurance. Je crois que je préférais quand je pouvais y lire de l'arrogance. Je n'aime pas qu'il se réjouisse d'avoir une preuve, il devrait se concentrer sur la recherche de Zélie.

Se munissant de gants en latex, il se saisit de l'enveloppe. Il la dépose dans un sac transparent et la donne à un collègue. Il fait de même avec la petite boîte.

— Est-ce que nous allons pouvoir voir son contenu et lire la lettre ? demande James en fronçant les sourcils.

— Quand nous aurons terminé de relever les empreintes, s'il y en a bien entendu, mais aussi de les analyser et…

— C'est bon ! Nous avons compris, lâche durement James.

Nous sommes tous les deux à cran, notre patience s'amenuise tellement rapidement et facilement qu'on en devient fous. Je comprends mon homme d'être ainsi, car s'il n'avait rien dit, c'est probablement moi qui aurais prononcé ces mots.

— Monsieur Combs, vous devez comprendre que nous nous assurons de ne laisser filer aucune preuve, aucun indice.

— Oui, nous l'avons compris, mais vous pouvez sans doute vous imaginer à quel point c'est difficile pour mon mari et moi de ne pas savoir si notre fille va bien. C'est notre bébé.

Ma voix qui était dure quand j'ai commencé à parler se met à trembler et des larmes emplissent mes yeux. Je craque littéralement devant l'inspecteur. Mon cœur bat la chamade. James passe ses bras autour de mes épaules et me tire vers lui. Contre son corps, je sens sa chaleur apaisante, mais il me manque quelque chose. C'est une partie de ma vie, celle qui est la plus importante.

— J'en suis parfaitement conscient, madame Combs, mais ce n'est pas ma première enquête de kidnapping et…

Incapable de supporter ce qu'il me dit, je tourne les talons et fonce vers le salon. Les nerfs me lâchent, je pleure sans pouvoir m'arrêter. Mes jambes se font de plus en plus molles et je me laisse tomber sur le canapé. Des bras forts et musclés m'encerclent, je sais que ce n'est pas mon homme, mais plutôt son frère Aaren. Probablement qu'il est arrivé au moment même où je me suis enfuie.

— Aaren ! Zélie…

C'est la seule chose que j'arrive à dire. Mes mots se bloquent dans ma gorge et se nouent pour créer une énorme boule qui m'empêche même de respirer. Je suffoque, mes larmes me brouillent la vue. Elles sont chaudes et brûlantes, mais surtout hyper douloureuses. Je tente de respirer, mais je n'y arrive plus. Aaren tente de me retenir du mieux qu'il peut, mais c'est difficile pour lui. Je tombe au sol en hurlant, l'entraînant dans ma chute.

— Ma chérie ! Ma chérie !

La voix de James me calme immédiatement, mais elle n'enlève pas mon mal. Je crois que seule la présence de ma fille pourrait y parvenir.

— Pousse-toi, Aaren !

Ce dernier se relève rapidement en disant qu'il va préparer du café. James se laisse tomber à côté de moi, il passe ses bras autour de ma taille et me tire vers lui. J'inspire, son parfum me chatouille les narines et m'apaise un peu plus. Mes larmes se tarissent, ma respiration se calme et je pose ma tête contre son torse.

— Lacey ! Ils vont retrouver notre fille ! Ils n'ont pas le choix, d'accord !

— Cet inspecteur, je le déteste ! marmonné-je, la voix fatiguée.

— Ils vont poster une patrouille devant la maison, ainsi, si quelqu'un vient porter une lettre ou un colis, ils le verront immédiatement.

— Tu crois qu'elle a son doudou ? Elle ne peut pas dormir sans. Je...

— Je ne sais pas, ma chérie. Allons retrouver Aaren. Boire un café nous fera le plus grand bien.

James est si doux, gentil et adorable à mon égard. J'acquiesce d'un signe de la tête, mais, avant de me lever, j'attrape la tête de James pour ancrer mon regard brillant dans le sien.

— Merci ! Merci d'être l'homme que tu es. Sans toi, je ne serais plus là pour affronter la situation. Tu es mon roc.

— Tu es la femme de ma vie, Lacey. On affronte tout, ensemble. Je te fais la promesse que je serais fort pour nous deux.

— Non, on sera forts ensemble ! Si tu craques, je serai là.

Il penche son visage vers moi et dépose un baiser au coin de mes lèvres. Ce baiser me fait un bien fou, mais, dès que je m'en rends compte, la culpabilité me gagne. James se relève et tend la main vers moi pour m'aider. Une fois sur pied, il passe son bras autour de mes épaules et m'attire contre lui. J'ai toujours aimé quand il fait ça. Peu importe que nous soyons dans un lieu public ou chez des amis. Il place son bras en travers de mes épaules et me tient contre lui. Ça m'a toujours donné la sensation que rien ne pouvait m'atteindre, car il serait toujours là pour me protéger.

Il m'entraîne ainsi vers la cuisine où nous retrouvons Aaren penché sur son téléphone en train de pianoter un message. Sur l'îlot, il a déposé trois tasses remplies d'un liquide brun et fumant. Le mien est légèrement plus pâle, car j'adore la crème de noisette dans mon café.

— Merci, Aaren. Je suis…

— Ne dis pas que tu es désolée, Lacey. Je t'en supplie. Je comprends parfaitement que tu sois aussi chamboulée. On l'est tous.

Je m'assieds sur un tabouret, quitter le réconfort des bras de James m'est difficile, je préférais y rester éternellement. Malheureusement, ce n'est pas possible, car nous avons tellement à faire.

— Maman demande si vous voulez qu'elle vienne vous aider et s'occuper de la maison…

Il laisse sa phrase en suspens et ça me donne l'impression qu'il pèse ses mots. Je ne sais pas ce qu'il voulait dire, mais ça semble douloureux pour lui.

— Oui, je lui ai parlé ce matin. Je devais en discuter avec Lacey, mais nous n'avons pas eu le temps.

James me lance un regard de biais. Sa mère est adorable et très gentille, mais je comprends qu'en ce moment, il ne souhaite pas m'imposer la présence de personne et j'apprécie.

— Oui, elle peut venir, mais j'espère que ça ne durera pas longtemps.

Je soupire, puis me rendant compte que mes paroles peuvent être interprétées à double sens, je me mets à bafouiller.

— Non… pas que… je ne veux pas dire que je ne veux pas qu'elle soit là…

— Je sais, tu souhaites seulement qu'on retrouve Zélie rapidement, ajoute Aaren avec un sourire bienveillant. Je vais écrire à maman pour lui dire qu'elle peut venir quand elle le souhaite.

— Elle est la bienvenue, puis la chambre d'ami lui est réservée, annonce James.

J'avale une gorgée de mon café et écoute les frères discuter ensemble,

— Je sais que tu n'as pas la tête à ça, mais papa est revenu me voir. Il avait l'air mal en point et avait encore besoin d'argent.

Dès que j'entends ces mots, mon intérieur se crispe et je me raidis. La visite de Rob Combs me revient en mémoire. Je fixe mon homme en attendant une quelconque réponse de sa part, mais elle ne vient pas. Il reste muet comme une tombe.

— Je ne lui en ai pas donné, mais je ne crois pas qu'il partira tant qu'on ne lui en aura pas donné, ajoute Aaren.

— Je m'en fous ! Il n'aura pas un sou de moi ! Tu m'entends ! Pas un putain de centime ! Il n'a jamais été là, jamais ! JAMAIS ! hurle James.

Je sursaute, Aaren aussi. La colère tord le beau visage de l'homme que j'aime.

— À quoi il pense, bordel !? J'ai autre chose à gérer que les déboires de vie de Rob Combs. Ma fille a été kidnappée et je dois penser à ce toquard ! J'en ai marre ! J'ai autre chose à faire.

— T'inquiète, je vais m'occuper de lui et le faire disparaître de nos vies.

Pendant de longues secondes, James et Aaren se fixent, puis mon chéri lève son index vers son frère.

— Tu ne le payes pas pour qu'il parte. Il n'aura pas d'argent de nous. Peu importe ce qu'il fait, il n'aura rien. T'as compris, Aaren ? Je suis sérieux.

Rarement, j'ai vu James dans une telle colère. Son visage est rouge, ses lèvres pincées et que dire de son regard menaçant. Si je ne le connaissais pas si bien, j'aurais un peu la trouille en ce moment.

— Je me demandais un truc.

Aaren se tait, évaluant la réaction de son frère, mais James reste de marbre et le fixe en attendant qu'il poursuive.

— Est-ce que tu crois que papa pourrait être responsable de ce qu'il arrive à Zélie en ce moment ?

Le regard de mon homme se durcit, un cri s'échappe de ma bouche quand James frappe de son poing sur le dessus de l'îlot.

— Putain ! S'il a touché à ma fille, je le tue de mes propres mains.

— Il était ici, hier matin, lancé-je sans réfléchir.

— Quoi ? hurle James. Pourquoi tu ne m'en as pas parlé ?

Je sens dans sa voix la colère.

— Parce que je ne voulais pas que tu sois mal à cause de la visite de ton père. Puis, nous sommes partis chez Arabella et j'ai oublié son passage.

James respire longuement avant de reprendre la parole. Je vois bien les efforts qu'il fait pour être le plus calme possible, mais surtout que c'est vraiment difficile pour lui d'y parvenir.

— Qu'est-ce qu'il voulait, ce fils de pute ?

— Il voulait te parler, je lui ai interdit de te recontacter.

— C'est tout !? me demande Aaren avec un calme qu'il ne possède pas totalement.

— Non, quand je l'ai vu devant la porte, je me suis souvenu que je le voyais souvent au parc quand je m'y rends avec Zélie.

— Putain ! Lacey ! Pourquoi tu n'as pas parlé de ça à l'inspecteur ? crie James, furieux.

Mon cœur cesse de battre et me fait mal. J'ai l'impression que des points noirs dansent devant mes yeux et que je vais bientôt m'évanouir. Avec difficulté, je me retiens à l'îlot et me penche vers l'avant.

— Lacey ? Ça va ? s'inquiète Aaren.

— Je vais m'évanouir, je crois, murmuré-je.

— Appelle l'inspecteur Riviera, ordonne James à son frère.

Des bras m'encerclent et me soulèvent. Immédiatement, je reconnais le parfum de James et ça me calme un peu, mais la tête me tourne. Doucement, il me dépose sur le lit. D'un geste doux et tendre, il enlève de mon visage, mes cheveux et m'embrasse sur le front.

— Pardonne-moi de m'être emporté, souffle-t-il.

— Je voulais te protéger, James. Ne m'en veux pas. Je ne voulais pas qu'il entre en contact avec toi. Je ne sais pas si c'est lui le coupable, mais j'avais complètement oublié cet événement. Je ne pensais qu'à notre fille.

— Je sais ! Je sais ! Ma réaction a été dure…

— Je me sens épuisée, James, le coupé-je.

— Je te laisse te reposer, mais probablement que l'inspecteur voudra te parler rapidement.

— Tu n'auras qu'à venir me trouver quand il sera là.

James dépose un baiser sur mon front et quitte la pièce. Dès que la porte se referme derrière lui, je m'efforce de compter jusqu'à dix avant de fondre en larmes. Je tire la couverture sur moi, le lit n'est pas fait et je me cache en dessous. Je mords mon poing en espérant que cette douleur apaise celle qui s'est installée dans mon cœur depuis hier.

Je ne peux m'empêcher de me demander si elle est bien en ce moment ou encore si elle a peur ou froid, si son kidnappeur s'occupe d'elle. J'espère qu'elle n'est pas seule dans le noir et qu'elle a son doudou. Son doudou est une peluche qu'elle a depuis sa naissance. Sans Néné l'éléphant rose, elle ne peut pas dormir. Une vive douleur me vrille les entrailles. De la bile me monte à la gorge et je n'ai le temps que de m'extraire du lit pour vomir dans la poubelle de la pièce. Je me roule en boule à même le sol et pleure jusqu'à ce que les larmes m'épuisent et m'entraînent dans un sommeil rempli de cauchemars.

6

James

Quand j'entre dans la chambre après que l'inspecteur a terminé de nous interroger, Aaren et moi, je trouve Lacey au sol, le visage couvert de larmes. Totalement recroquevillée sur elle-même, elle semble souffrir même dans son sommeil. Doucement, je me penche vers elle et la soulève, puis la dépose sur le lit. Elle ne se rend compte que je la bouge qu'au moment où sa tête touche l'oreiller.

— James ?

— Tu étais par terre. Repose-toi, ma chérie. Je vais dire à l'inspecteur que l'on va passer au commissariat quand tu te réveilleras.

— Non ! Non ! Je tiens à répondre à ses questions, lance-t-elle mollement.

La fatigue est carrément visible sur son visage et je m'inquiète. Enceinte de Zélie, Lacey a passé son premier trimestre à dormir. Son corps produisait plus d'hormones. Enfin, c'est ce que m'avait dit sa gynéco. Moi, honnêtement, je n'y connais rien et j'aimais me blottir contre ma femme pour dormir avec elle à toute heure de la journée.

— Repose-toi, pense à notre enfant qui grandit dans ton ventre, ma chérie. L'inspecteur a déjà beaucoup d'informations avec nos témoignages, à Aaren et moi.

Lacey acquiesce d'un signe de la tête et lève son visage vers moi pour que je l'embrasse, chose que je fais avec plaisir. J'ancre mon regard dans le sien, lui souris faiblement avant de lui dire que je l'aime plus que ma propre vie. Rapidement, je retourne à la cuisine où m'attendent Aaren et l'inspecteur Riviera.

— Veuillez m'excuser. Ma femme n'est pas bien en ce moment. Elle a besoin de repos. Lacey est enceinte de notre deuxième enfant et il est impératif qu'elle dorme. Nous allons passer au commissariat lorsqu'elle se sentira mieux.

— Je comprends parfaitement. Restez à la maison et appelez-moi lorsqu'elle sera sur pied. Je passerai prendre sa déposition et, ainsi, elle restera dans le confort de sa maison.

— Merci de votre compréhension, inspecteur Riviera.

Je conduis l'inspecteur jusqu'à l'entrée et, au moment où il ouvre la porte, ma mère apparaît dans l'embrasure.

— Maman ! Tu es plus tôt que prévu, lancé-je en lui faisant signe de rentrer.

— Oui, je n'en pouvais plus de tourner en rond chez moi. J'ai mes bagages dans la voiture, tu veux aller les chercher ? demande-t-elle avec un petit sourire.

J'acquiesce d'un signe de la tête avant de faire les présentations, car ma mère regarde l'agent en se posant un millier de questions.

— Maman, voici la personne chargée de l'enquête, c'est l'inspecteur Riviera. Inspecteur, voici ma mère, Sarah.

L'inspecteur la salue d'un signe de la tête et je le suis à l'extérieur pour prendre les bagages de maman. J'ouvre la portière de la voiture et me saisis de la grosse valise noire.

— Monsieur Combs, maintenant que nous sommes seuls, j'aimerais vous poser une question.

Je pivote sur moi-même et lance un regard interrogateur à l'agent. C'est un homme d'une quarantaine d'années, les cheveux noirs et les yeux tout aussi foncés qui lui confèrent un air froid.

— Je ne veux pas être indiscret, mais j'ai besoin de savoir pour bien mener mon enquête. Est-ce que vous avez eu des relations extra-conjugales dans la dernière année ?

— Non ! Je ne vois pas pourquoi je tromperais ma femme, elle est tout simplement merveilleuse ! rétorqué-je de but en blanc.

L'inspecteur Riviera me regarde pendant quelques secondes et, même s'il tente de ne rien laisser transparaître, je sais ce qu'il se dit.

— Vous vous dites que parce que je suis musicien, j'ai probablement trompé ma femme et fais un gamin à une autre. Vous ne me connaissez pas, alors ne me jugez pas !

— Je ne porte aucun jugement, ce n'est pas mon travail. Seulement, d'après les informations que nous avons pu recueillir, nous croyons qu'une femme tentait de vous faire chanter.

— Je n'ai pas trompé Lacey et j'aimerais que vous ne portiez pas ce genre de jugement. Concentrez-vous plutôt sur la piste de mon père, ordonné-je, agacé.

— Ne me dites pas comment faire mon travail, monsieur Combs.

Sans rien ajouter de plus, il tourne les talons et se dirige vers sa voiture me laissant là. Digérer ses paroles, mais surtout les comprendre est difficile. Je n'arrive pas à réfléchir correctement. A-t-il insinué qu'une femme pourrait... ou que j'aurais couché avec une autre à l'insu de Lacey ? Je retourne dans la maison avec la valise de ma mère. Désireux de retrouver le plus rapidement possible ma famille, je la laisse dans l'entrée. Quand j'arrive dans la cuisine, je trouve Aaren et notre mère assis à l'îlot en train de boire un café. Le mien n'ayant pas été touché est maintenant froid. Mon frère le prend pour le faire chauffer aux micro-ondes, puis me le redonne. Je ne sais pas si son geste m'agace ou me fait du bien.

— Ça t'a pris du temps, me fait remarquer ma mère.

— L'inspecteur voulait me parler seul à seul.

— Qu'est-ce qu'il te veut ? demande Aaren visiblement inquiet.

— Il croit que j'ai trompé Lacey et que mon amante tenterait de nous faire chanter.

— C'est impossible ! Je ne peux pas le croire, s'indigne ma mère. Comment il ose porter de telle accusation ?

Je hausse les épaules et pousse un soupir. J'aimerais comprendre, mais je n'y arrive pas. Des pas en provenance du couloir nous font tourner la tête à tous les trois. Lacey apparaît. Elle semble au bout du rouleau, son teint est blême, ses traits tirés. Elle s'avance tranquillement et va prendre ma mère dans ses bras.

— J'avais cru entendre votre voix, murmure-t-elle.

— J'aurais préféré que tu te reposes, belle enfant.

— J'avais besoin d'être avec les gens que j'aime.

— As-tu prévenu tes parents ? demande ma mère.

— J'ai laissé un message sur la messagerie vocale de ma mère, mais elle est en vacances avec mon beau-père et ne prend pas vraiment ses messages tous les jours. Pour mon père, je n'ai pas envie de le gérer, lui et son ego.

Lacey s'assied à côté de moi et Aaren lui demande si elle a faim ou soif, mais ma femme secoue la tête.

— Vous disiez quoi ? m'interroge-t-elle.

— Rien de bien important, annoncé-je.

Elle a suffisamment de choses en tête sans se questionner sans cesse sur mes peut-être infidélités et je préfère qu'elle n'ait pas les mêmes inquiétudes que moi concernant l'inspecteur Riviera.

— Tu ne devais pas te reposer ? lui demandé-je.

— Oui, mais je préfère être avec ma famille que toute seule à me morfondre dans une autre pièce. Qu'est-ce que l'inspecteur a dit ?

Malgré mes bonnes intentions, je suis incapable de lui mentir. Cette situation est carrément invivable et je crois que si je ne me focalisais pas à m'occuper de ma femme, je m'écroulerais. Zélie me manque d'une façon viscérale et, si je me laisse aller à trop y penser, je vais devenir complètement cinglé.

— Il ne semble pas croire que la piste de mon père soit pertinente. De ce que j'ai pu comprendre, il se focalise surtout sur une potentielle infidélité et grossesse de ma prétendue amante.

Lacey sursaute à l'évocation de ses mots. Sa tête pivote vers moi et son regard s'ancre dans le mien. Agacée, elle pince les lèvres.

— James..., commence-t-elle d'une petite voix.

— Avant que tu ne poursuives, je tiens à préciser que c'est une piste inutile, car jamais je n'ai commis cette connerie.

— James, je sais que tu n'as pas fait ça. Je... Nous sommes toujours ensemble et j'ai confiance en toi.

Soulagé, je soupire, puis Lacey pose une question qui me met dans tous mes états.

— Que se passera-t-il s'ils se concentrent sur une mauvaise piste ?

C'est bien ce dont j'ai peur, mais je ne peux pas le lui dire. Je ne peux pas le lui avouer et lui transmettre mon angoisse.

— Je tente de me persuader qu'ils savent ce qu'ils font, ma chérie.

Un silence de plomb s'installe dans la pièce mettant tout le monde mal à l'aise. Nous nous posons tous la même question, *que se passera-t-il pour Zélie ?* Cette constatation me donne envie de hurler. Mon estomac se serre et mes pensées explosent de toutes parts dans mon cerveau. Incapable de rester dans la cuisine avec tout le monde, je ressens le besoin de m'isoler. Je marmonne des paroles incompréhensibles qui veulent sans doute dire que je reviens bientôt, puis je fonce vers la terrasse.

À l'extérieur, le changement d'air ne me fait pas du bien. Au contraire, c'est chaud et collant, comme avant un gros orage. Zélie a toujours peur pendant une tempête. Chaque fois, elle vient se blottir dans notre lit entre Lacey et moi. Pour qu'elle ne se concentre pas que sur le mauvais temps, nous lui racontons à tour de rôle des histoires que nous inventons.

Bon sang ! Ma fille me manque…

— Je sais que c'est difficile, mon vieux, commence Aaren dans mon dos.

Épuisé, mais surtout incroyablement triste, je me retourne vers lui.

— Tu n'es pas obligé d'être fort en permanence, James.

— Je dois l'être pour Lacey, pour Zélie et pour notre futur bébé. T'as vu comment ma femme est en ce moment ? Je ne peux pas me permettre d'être dans le même état.

— C'est normal qu'elle soit comme ça, remarque Aaren.

— Tu te méprends sur mes paroles, mon frère. Oui, c'est normal, totalement, et naturel qu'elle soit aussi dévastée. Même si j'ai l'air de tout maîtriser et de contrôler, c'est simplement une façade.

— On le sait tous. James, ce que je veux dire, c'est que tu n'es pas obligé d'être fort tout le temps. Tu peux t'écrouler et pleurer un coup.

Ses paroles m'agacent et me donnent envie de les lui foutre à la gueule. C'est incroyable qu'il ose dire cela.

— Est-ce que j'ai l'air fort en ce moment ? crié-je, à bout de nerfs.

Guère impressionné par mon accès de colère, il s'assied sur une chaise et me fait signe de faire de même, mais je préfère largement rester debout.

— Tu crois que papa aurait pu faire ça ? demande-t-il.

— J'en sais rien, mais on ne sait pas qui il est. Est-ce qu'on connaît vraiment un alcoolique ? Est-il assez dérangé pour kidnapper sa petite-fille ?

— Je crois qu'il n'a plus trop conscience du bien et du mal.

— Et ça ne date pas d'hier.

J'inspire longuement. Ce dont j'aurais envie en ce moment, c'est d'un verre, descendre des litres d'alcool pour oublier mon mal et ma douleur, ne plus me rappeler que ma fille n'est plus là.

— Si je te dis que je pourrais rapidement savoir où il habite...

Aaren laisse sa phrase en suspens et me regarde droit dans les yeux. Je ne vois pas du tout comment il pourrait savoir cela, mais si ça me permet de débarquer chez lui pour vérifier que ma fille ne s'y trouve pas, je suis partant.

— Tu ne devras pas poser de questions sur comment je vais obtenir cette information.

— C'est légal ? demandé-je, suspicieux.

— Totalement !

J'acquiesce d'un signe de tête.

— Retourne à l'intérieur, je dois faire un ou deux appels d'abord.

— Pourquoi tu ne veux pas m'en dire plus ?

— Tu as promis, James.

Aaren et moi avons déjà eu des confrontations, chaque fois, ce n'est pas très beau et un peu violent. La façon que je me sens en ce moment n'est pas l'idéal pour me faire réagir au quart de tour.

— Laisse tomber ! Si tu ne veux pas aider ta nièce, dégage de chez moi et ne reviens plus jamais.

— Ne le prends pas comme ça, James... Je...

— Tu sais pourquoi je dois être fort ? Est-ce que tu as conscience de ce qu'il se passe dans ma tête à chaque putain de seconde ? Je n'arrête pas de me demander ce qu'elle fait, si elle est bien, si son ravisseur la nourrit, si elle a peur, si cette personne l'a frappée, torturée... Ça tourne en boucle dans ma tête, Aaren, et ça fait mal. Tellement mal. J'en peux plus de cette situation.

Incapable de supporter son regard, je détourne la tête. Mes yeux entrent en contact avec un sac de plage contenant des jouets que ma fille apprécie plus particulièrement lorsque l'on joue dans le sable. Cette vision me révulse l'estomac. La colère s'empare de moi. Je lève le poing, frappe dans le mur en hurlant ma douleur. Tout de suite, Aaren est sur moi pour tenter de m'empêcher de passer mes nerfs sur la maison. La porte s'ouvre, Lacey et ma mère sont là et triste est d'admettre qu'elles semblent effrayées.

— James ! James ! crie ma femme.

Doucement, elle s'avance vers moi et pose sa main sur mon épaule.

— Aaren, Sarah, laissez-nous, s'il vous plaît, exige Lacey.

Sans un mot, ils quittent la terrasse pour nous permettre d'être seuls un moment. Lacey prend mon visage entre ses mains et ancre son regard dans le mien. Ses yeux sont teintés d'une tristesse incommensurable, mais aussi d'une douceur qui m'apaise.

— J'ai l'impression que ça fait des mois. Elle me manque, murmuré-je.

— Je ressens la même chose, James. J'ai besoin de l'avoir avec nous.

— Tu crois... Aaren... Il croit pouvoir découvrir où mon père habite...

Une lueur d'espoir danse dans les yeux de ma femme.

— Je veux m'y rendre pour vérifier par moi-même.

— N'est-il pas mieux que ce soit les inspecteurs qui fassent ce travail ?

— Il croit que je t'ai trompé, m'emporté-je.

— L'important n'est pas ce que, moi, je crois ? me demande-t-elle.

Épuisé, fatigué, mais surtout en colère contre tout le monde, je lui tourne le dos.

— Ce que tu crois ne nous ramènera pas notre fille, m'indigné-je.

— Ne sois pas injuste ! tonne-t-elle.

— Injuste ! Injuste ! Je ne le suis pas ! Ce qui est injuste, c'est qu'on nous prive de notre fille. Est-ce que tu sais ce qu'elle fait en ce moment ? Est-ce que tu sais si elle est bien ou encore si on ne lui a pas fait du mal ? Non ! Tu n'en sais rien, Lacey. Si toi, tu peux vivre avec ces questions, pas moi !

— Qu'est-ce que tu crois ? Que je ne vis pas, moi aussi, avec tous ces questionnements horribles ? Ils sont dans chacune de mes pensées, James ! Dans chacune d'entre elles, mais ce n'est pas en faisant toi-même ton enquête au risque de tout faire merder que ça nous aidera.

— Si toi, tu préfères rester là à te morfondre, c'est ton problème. Pour ma part, je préfère l'action à l'inaction.

— Fais ce qui te chante, James Combs, mais je te jure que si ton entêtement et tes putains de connerie nous empêchent de retrouver notre fille, je t'en voudrai toute ma vie.

Elle me fusille du regard, puis, sans attendre une réponse de ma part, elle retourne à l'intérieur. Contrariée, je la suis, mais elle file comme une fusée et claque la porte de la chambre. Deux paires d'yeux sont tournées vers moi et me fixent. Contre toute attente, Aaren bouge son téléphone dans ma direction. Je prends ce geste comme une confirmation qu'il a l'adresse de notre père.

— Reste avec Lacey, maman. Aaren et moi revenons rapidement.

À tour de rôle, ma mère nous regarde, puis, comme si elle comprenait qu'on part sur la piste de notre paternel, elle secoue la tête.

— Ne faites pas ça, les garçons, nous supplie-t-elle.

— Ne me dis pas ce que je dois faire, d'accord, tonné-je, agacé qu'on tente de me dicter ma conduite.

Sans un mot, Aaren me suit à l'extérieur et nous embarquons dans sa caisse.

— Qu'est-ce qu'elle a, Lacey ?

— Rien ! Rien du tout ! répliqué-je, simplement.

7

Lacey

La colère, la déception et la douleur envahissent chaque petite parcelle de mon être. Je suis carrément effrayée par la possibilité que James fasse une connerie en tentant de retrouver lui-même notre fille. Je crois sincèrement que s'il faisait capoter l'enquête, je ne pourrais pas lui pardonner. Cette seule pensée suffit à ce que l'intensité de ma peur et ma fureur se matérialisent en larmes. Elles roulent, chaudes et brûlantes sur mes joues. Ma déception se mue en hystérie et un cri déchire la pièce, créé par ces émotions que je ne peux plus contrôler. Mes jambes se dérobent et je m'écroule au sol. Avec difficulté, je tente de me relever, mais mes bras ne parviennent pas à me soutenir. La porte de la chambre s'ouvre, et je lève la tête. Sarah s'avance vers moi et prend place à mes côtés. Lorsqu'elle ouvre les bras, je m'y glisse pour pleurer.

— Pourquoi vous vous êtes disputés ? demande-t-elle.

— Il croit que c'est son père qui a kidnappé Zélie et il a décidé de mener son enquête.

Sarah ne répond pas, elle se contente de caresser mes cheveux avec tendresse.

— J'ai peur ! braillé-je. S'il fait capoter l'enquête…

— Tu connais James aussi bien que moi, ma belle enfant. Quand il a une idée en tête…

— C'est pas ça. Ce n'est pas d'être têtu. Il met peut-être en danger la vie de notre fille en agissant de la sorte.

— Tu dois rester positive et…

Stupéfaite qu'elle défende son fils, je la repousse avant de m'éloigner d'elle et arpenter la pièce de long en large.

— Est-ce que tu peux imaginer qu'il débarque là et que son père fasse du mal à Zélie ? Ou encore que sa présence entraîne la colère de Rob ? Que notre fille soit blessée ? Comment ose-t-il risquer la vie de notre enfant, Sarah ?

Ma belle-mère se redresse légèrement, mes paroles l'ont affectée et je crois qu'elles lui ont permis de voir la situation de la même façon que moi.

— Je sais que tu es inquiète, Lacey. Probablement que c'est la pire chose qui te soit arrivée, mais James ne peut pas rester à ne rien faire. Il doit réagir.

Pendant quelques secondes, je la fixe. De la colère émane de tout mon être. Je n'ai qu'une envie, c'est de lui hurler de se taire. Puis, sans un mot, je quitte la pièce. Elle ne peut pas me comprendre. Elle préfère prendre le parti de son fils.

— Lacey, où vas-tu ? me demande-t-elle en me suivant.

— Je vais faire une balade en voiture. Je dois m'occuper des plantes de ma mère pendant son absence. Je serai de retour d'ici une heure ou deux.

Sarah me parle, mais je n'écoute pas. Rapidement, j'enfile mes converses, attrape mes clés sur le bahut et sors de la maison en claquant la porte. La tension qui fait rage dans ma tête est insupportable. Pendant près d'une heure, je roule au hasard des routes, l'esprit dans le vague, le cœur mort. Quand je me gare finalement devant la maison de ma mère et de Dominic son mari, je vois leur voiture dans l'allée, signe qu'ils sont de retour. Je ne comprends pas bien pourquoi ils ne m'ont pas appelée quand ils ont vu mes messages leur apprenant le kidnapping de Zélie. Les jambes en coton, j'avance difficilement vers la porte et entre sans frapper. Dans l'entrée se trouvent leurs deux énormes valises. Ils sont donc arrivés depuis peu. J'entends des pas et Dominic se matérialise devant moi.

— Lacey ! On a tenté de te joindre, mais tu ne réponds pas.

Mon téléphone ! Je l'ai oublié à la maison.

— Je n'ai pas mon smartphone. Je… Avez-vous eu mes messages ?

— Ma chérie ! Ta maman est en pleine conversation avec celle de James. Entre, je vais la prévenir que tu es là.

Docilement, je me dirige vers le salon et prends place sur le canapé. Presque tout de suite, ma mère déboule dans la pièce pour me prendre dans ses bras. Elle pleure sans discontinuer, immanquablement, je me joins à elle. Blottie contre ma mère, je braille pendant un très long moment. Nous n'avons échangé aucun mot. Et lorsque je me calme enfin, je suis trop épuisée pour parler. Dominic me propose donc de prendre la chambre d'ami pour me reposer et, même si je demeure persuadée de ne pouvoir dormir, j'accepte. Contre toute attente, je m'endors presque tout de suite.

Quand j'ouvre à nouveau les yeux, il fait nuit et un mal de crâne me terrasse. Tranquillement, je m'extrais du lit et souffle un bon coup. Je ne sais plus combien d'heures se sont écoulées depuis mon dernier repas. La faim me tenaille, mon estomac gronde. À peine suis-je sur pied que je manque de m'écrouler au sol. Je suis si faible que mes jambes me portent à peine. C'est probablement dû à la grossesse et au manque de nourriture dans mon organisme. En prenant appui sur le mur, je me dirige à tâtons vers la cuisine dans l'espoir de trouver un truc à manger.

— Lacey ? Que fais-tu ? me demande Dominic.

— J'ai faim.

— Suis-moi, je vais te réchauffer le dîner. Nous t'avons gardé une assiette.

Dominic passe son bras autour de ma taille et m'aide à gagner la cuisine. Avec précaution, je m'installe à l'îlot et le regarde mettre aux micro-ondes un plat contenant des pâtes bolognaises.

— Ce que tu vis en ce moment est carrément horrible, Lacey. Sache que ta mère et moi sommes avec toi, mais aussi que nous allons faire notre possible pour vous aider, James et toi.

— Merci, Dominic. Ça ne me rend pas ma fille, mais être ici m'a fait du bien.

— Zélie va rentrer à la maison, j'en suis persuadé.

Un téléphone identique au mien attire mon attention sur le comptoir. Suivant mon regard, Dominic l'attrape et me le tend.

— James est passé tout à l'heure. Il était inquiet pour toi.

— Pour le moment, je ne veux pas lui parler ou le voir, répliqué-je sur un ton dur.

— Je comprends. Il m'a expliqué ce qu'il a fait et ce que tu en pensais.

— Dominic, je sais que tu tentes toujours de trouver le meilleur de chaque personne, mais aussi de chaque situation, malheureuse pour le coup, je n'ai pas envie d'être compatissante ou gentille. Je veux ma fille, point barre.

Loin de s'offusquer de mes paroles, il ouvre le tiroir et me donne une fourchette ainsi que mon bol. Les premières bouchées sont difficiles, un peu comme si mon organisme refusait que de la nourriture entre dans mon système. Heureusement, ce n'est que de courte durée. Les pâtes sont excellentes et, si je me rappelle bien, c'est le plat que Zélie préfère que sa grand-mère lui fasse.

— Zélie adore ce plat, lance Dominic comme s'il lisait dans mes pensées.

— C'est vrai. Maman cuisine très bien.

— James aimerait que tu l'appelles.

Dominic ouvre le frigo pour prendre une canette de soda et me la donner. Ça me fait bizarre qu'il soit autant aux petits oignons avec moi.

— Est-ce que tu vas le faire ? demande-t-il.

— J'irai le voir demain, mais, pour le moment, je n'ai pas très envie de lui parler.

— Tu ne veux pas savoir ce que sa visite chez son père a donné ?

— S'il n'est pas ici avec ma fille, c'est que ça n'a pas été concluant.

— Je te laisse terminer de manger, mais tu es ici chez toi et aussi longtemps que tu en ressens le besoin.

Je balbutie un faible merci et le regarde sortir de la pièce. J'admets que me retrouver dans cette maison m'est difficile, voire bizarre, mais ici, c'est toujours mieux que chez moi. Cependant, je ne peux pas nier que James me manque, et ce, même si je lui en veux au point d'avoir envie de le frapper. Je prends mon téléphone et consulte mes messages. Plusieurs sont de James et, dans la plupart d'entre eux, il me demande ce que je fais, où je suis et des trucs comme ça. Je crois qu'il s'est aperçu bien plus tard que je ne l'avais pas avec moi. Incapable de lire le reste, je le fourre dans la poche de mon pantalon, attrape mon bol et vais le rincer avant de la mettre au lave-vaisselle.

J'inspire longuement avant de me diriger vers le couloir. Avant de prendre la direction de la chambre d'ami, j'ouvre la porte menant au sous-sol et descends. C'est ici qu'avec Liam, Cam et Christa, on a fait nos débuts. Comme c'est bizarre de s'y retrouver, mais surtout d'être là sans eux. C'est ici qu'on a échafaudé notre plan pour créer notre nom sans mon père, mais aussi qu'on a écrit nos premières chansons. Ma mère a totalement redécoré l'endroit et il ne reste plus de traces ce qu'on a pu créer ici. Je m'assieds dans un gros fauteuil en cuir noir légèrement élimé. Maman a peut-être changé la déco et presque tous les meubles, mais elle ne s'en est jamais départie. De constater que le seul vestige de ce moment de ma vie soit ce fauteuil me rend triste, mais surtout nostalgique. Cette période de ma vie a été une des plus belles, mais aussi une des plus difficiles.

Qu'elle serait ma réaction si Zélie décidait de faire de la musique à son tour ?

Je n'en sais rien. D'un côté, je crois que je tenterais de l'encourager du mieux que je peux et, de l'autre, j'aimerais lui dire de fuir ce milieu ingrat. Malgré tout, je serais là pour la supporter, et ce, peu importe ses passions et ses envies.

— Lacey ? Lacey ? s'écrie ma mère.

D'un bond, je me lève et grimpe l'escalier au pas de course. Si elle m'appelle ainsi à cette heure de la nuit, c'est qu'il y a quelque chose qui cloche.

— Maman ? crié-je une fois arrivée au salon. Qu'est-ce qu'il se passe ?

— Mon Dieu ! J'étais si inquiète ! Tu n'étais nulle part !

La pièce n'est éclairée que par les rayons de la lune, mais je peux voir que son visage est strié de larmes. Je m'avance vers elle et la prends dans mes bras.

— Je ne sais pas si je survivrais s'il t'arrivait quelque chose, braille-t-elle.

— J'étais au sous-sol, maman. Je me remémorais des souvenirs.

Ma mère me fait signe de m'asseoir sur le canapé et fait de même. Elle porte une robe de chambre en satin rose et ses cheveux sont retenus par une haute queue-de-cheval. Quand je la regarde ainsi, je ne peux m'empêcher de remarquer à quel point Christa lui ressemblait.

— En fait, je me demandais quelle serait ma réaction si Zélie souhaite faire de la musique un jour, avoué-je.

— Je crois que tu la laisserais faire, mais surtout, tu suivrais son rythme sans lui imposer de nombreux cours ou ce que Tommy vous a infligé. Tu écouteras toujours ton enfant, pas comme moi j'ai pu le faire.

— Ne dis pas de sottises. Tu étais une…

— Une mère absente. Je laissais Tommy régner en roi et maître, car je ne voulais pas qu'il coupe la pension alimentaire. Je n'ai pas été une maman exemplaire.

— On s'en fout, tu étais la nôtre et c'est suffisant.

Elle me sourit et prend ma main dans la sienne.

— Je dois te dire quelque chose. James et moi n'en avons pas parlé à beaucoup de gens, mais je tiens à ce que tu le saches, car tu es une grand-maman qui déchire tout. Nous allons avoir un bébé. Je suis enceinte.

Ma mère pousse un cri de surprise, puis elle m'étreint avec affection. Comme quand je lui ai annoncé ma grossesse pour Zélie, l'émotion lui coupe la parole. Elle me lâche, essuie son visage du plat de la main.

— Ma chérie, James t'aime énormément. Il est tout aussi perdu que toi en ce moment. Tu dois l'appeler, car vous avez besoin un de l'autre, sinon vous ne vous en sortirez jamais, me conseille-t-elle.

— Je sais, mais, pour le moment, je veux rester ici. Je me sens exténuée d'un coup, alors je vais regagner la chambre d'ami.

Sans un mot de plus, je me lève et me dirige vers la pièce où j'ai dormi un peu plus tôt. Cette fois, je prends le temps de retirer mon jeans et de me glisser sous les couvertures. Sur mon téléphone, j'accède à ma galerie photo. Bien entendu, et comme toutes les mamans du monde, mon smartphone est rempli d'images de ma fille. Je les fais défiler le cœur lourd et lorsque je tombe sur une de James et Zélie qui m'émeut particulièrement, je ne peux m'empêcher de composer son numéro.

James répond à la deuxième sonnerie, signe que lui aussi ne dort pas.

— Lacey ! Comme je suis content que tu m'appelles.

— Je t'en veux toujours ! Je regardais nos photos et j'ai eu envie d'entendre ta voix. Tu te souviens après le concert de San Francisco, tu avais amené Zélie sur la scène et tu l'avais prise sur tes cuisses pour la laisser taper avec les baguettes sur les tambours de la batterie ?

— Bien sûr que je me le rappelle. Un jour, notre fille sera une grande musicienne, annonce-t-il fièrement.

— Seulement si elle le veut, rétorqué-je.

— Elle sera capable de tout faire. Absolument tout.

— Elle me manque tellement, James.

— Pareil pour moi. Quand rentres-tu ?

— Je ne sais pas. C'est difficile pour moi d'être dans la maison sans notre fille. Je dormirai ici cette nuit et, demain, je rentrerai. Ça te va ?

— Bien entendu, marmonne-t-il.

Je sais que ma décision de m'éloigner ne lui plaît pas, mais je suis incapable de dormir dans notre maison et j'ai vraiment besoin de me reposer. Après avoir mis fin à notre conversation, je remonte les couvertures sur ma tête et enclenche une vidéo où James court derrière Zélie sur la plage. Je regarde cette vidéo en boucle jusqu'à en pleurer, puis jusqu'à ce que mes larmes se tarissent et que je m'endorme d'épuisement.

8

James

Aaren et moi fixons cet immeuble d'un des quartiers pauvres de Los Angeles. La rue est jonchée de détritus, de poubelles et parfois de merde. Lacey ne comprend pas pourquoi je ressens le besoin de faire les choses moi-même. Rester à la maison, me tourner les pouces et attendre que la police fasse son travail comme il se doit est trop insupportable. C'est notre fille et je déplacerais monde et mer pour elle. J'inspire longuement, lance un regard en biais à mon frangin. Il semble si concentré, si coincé dans ses pensées que j'ai peur de l'en sortir. Ce moment est très difficile et éprouvant pour nous deux. Quand on ne savait pas où il était, c'était plus facile de faire abstraction et d'oublier qu'il existait. Là, il est trop présent, trop là, trop réel que ça en est douloureux.

— On y va ? me demande Aaren la voix légèrement tremblante.

J'acquiesce d'un signe de la tête et m'avance vers la porte. Je ne sais pas comment il a eu cette information et, honnêtement, je m'en fous pas mal. Tout ce qui m'importe, c'est de retrouver Zélie. Mon cœur bat la chamade et mon sang tambourine dans mes veines. Aaren passe devant moi et prend la direction d'un escalier très délabré. À plusieurs reprises, j'essuie mes mains sur mon jeans pour enlever la moiteur créée par l'anxiété. Je n'ose m'appuyer sur la rambarde de peur qu'elle ne se casse. Nous grimpons jusqu'au sixième étage. Le tapis du couloir est sale, jonché de taches brunâtres et bizarres. Même notre premier appartement n'était pas aussi crade et Dieu seul sait que nous n'avions pas un sou et que c'était du très bas de gamme. Mon frère cogne à la poste à plusieurs reprises, mais personne ne vient répondre. Après quelques secondes qui me semblent durer des heures, il pose sa main sur la poignée et la tourne. Contre toute attente, ce n'est pas fermé. Sur nos gardes, nous entrons donc tranquillement. Il n'y a aucun bruit dans l'appartement, sauf celui d'une radio qui passe de vieux tubes des années 70.

Boy, don't you worry, you'll find yourself. (Mon fils, ne t'inquiète pas, tu te trouveras.)
Follow your heart and nothing else. (Suis ton cœur et rien d'autre.)
And you can do this, oh baby, if you try. (Et tu peux le faire, bébé, si tu essaies.)
All that I want for you my son, is to be satisfied. (Tout ce que je veux pour toi, mon fils, c'est que tu sois heureux.)[5]

Quelle ironie à la con !

— Maintenant, je déteste cette chanson, marmonné-je.

Aaren ne répond pas et s'avance vers une porte ouverte. Il passe sa tête dans l'embrassure et me fait signe de venir voir. Immédiatement, mon cœur bat la chamade, les jambes en coton, je me dirige vers lui dans l'espoir de trouver Zélie, mais tout ce que je vois, c'est

5 *Simple man* de Lynyrd Skynyrd sortie en 1973.

mon putain de père couché sur un matelas à même le sol, une flaque de vomi par terre et une bouteille de gin à la main. Cette scène me dégoûte, elle me révulse carrément et tout ce que j'ai envie de faire est de l'attraper par le chandail et le secouer comme un prunier.

— Viens ! On part, elle n'est pas ici, lance Aaren.

Incapable de bouger, je reste là à fixer mon père. Combien de fois l'ai-je vu dans cette position ? Des tonnes ! Des centaines même, mais à ce moment-là, je ne comprenais pas bien ce qui se passait. Comment un enfant le pourrait-il ? Un coup de vent pénètre dans la pièce par la fenêtre ouverte et l'odeur âcre du vomi vient me chatouiller les narines provoquant des haut-le-cœur. Surpris, je recule de plusieurs pas et me heurte à un meuble, faisant tomber une lampe décrépite dans un bruit sourd.

Mon père bouge dans le lit, marmonne un truc incompréhensible avant de tenter de se lever. Aaren m'implore de quitter la pièce, mais mes pieds sont figés dans le plancher comme si on venait de couler du béton dessus. Aaren m'attrape par le bras et tente de me tirer vers lui, mais impossible de me bouger. Notre paternel apparaît dans l'embrasure de la porte en s'essuyant la bouche du revers de la main. Son t-shirt blanc est plutôt grisâtre et couvert de taches verdâtres.

— Que faites-vous ici ? grommelle-t-il.

— Je... Je...

Impossible pour moi de prononcer une phrase concrète. Mes idées sont si floues, si peu cohérentes que je n'arrive pas à démêler le vrai du faux. Cet homme devant moi me fait carrément pitié, mais il provoque aussi la colère en moi.

— Tu n'arrives pas à parler, James ! Pourtant, c'est moi qui ai picolé toute la journée, ricane-t-il.

— Cesse de faire le malin, le coupe Aaren. On venait simplement vérifier si la fille de James était ici.

Pendant de longues secondes, il nous fixe en fronçant les sourcils, puis d'une démarche pas très assurée, il se dirige vers un fauteuil et s'y laisse tomber. Il fouille dans les décombres présents sur la table basse à la recherche de ses clopes. Quand il les a trouvés, il s'en allume une. L'odeur de la cigarette en plus de celle émanant de l'appartement est insupportable et manque de me faire vomir. Incapable de supporter cette puanteur, je plaque ma main sur mon nez et ma bouche. Mon père tique quand je fais ce geste.

— Mon humble logis ne te plaît pas, mon fils ? lance-t-il sur un air de défi.

— Nous ne sommes pas ici pour nous disputer avec toi. Nous venions simplement vérifier que…

— Je sais, tu l'as déjà dit, Aaren ! Vu que tu es déjà venu ici, je ne me pose pas la question, mais je demande plutôt à James comment il trouve l'endroit où je vis.

Je lance un regard de biais à mon frangin. Il m'est facile de comprendre comment il connaissait l'endroit où il habite ou encore l'escalier et la porte de son appartement. La colère m'habite, j'ai envie de hurler contre Aaren et de le questionner sur ses putains de mensonges, mais je préfère me concentrer sur mon père.

— Je me fous de l'endroit où tu vis, Rob. Tout ce que je voulais était de vérifier si tu étais mêlé à l'enlèvement de ma fille.

— Je fais un suspect vraiment génial ! Je veux de l'argent, pas aller en prison, petit con, s'offusque-t-il.

— Nous n'avons plus rien à faire ici. Allons-nous-en, ordonne Aaren.

Je n'ai ni l'envie ni la force de me disputer avec lui, alors j'obtempère et suis mon frère vers la porte.

— C'était sympa de te voir, mon fils. Je me doutais que tu avais toujours la même opinion de moi.

— Qu'est-ce que tu veux dire ? demandé-je en revenant vers lui.

Aaren tente de m'attraper par le bras, mais je le repousse et stoppe qu'au moment où je me trouve devant mon père. Il ricane et éteint sa clope dans un cendrier de fortune déjà archiplein.

— Déjà quand t'étais un gosse, tu me détestais. C'est encore le cas maintenant.

— Si tu veux parler du passé, ce n'est pas le lieu ni le moment. J'ai plus important à faire.

— Tu es aussi con et borné que lorsque tu étais enfant. Tu as une idée bien à toi sur ce que tu crois qui s'est passé entre ta mère et moi...

— Je crois que tu n'es pas en droit de revenir après autant d'années et nous réclamer de l'argent comme tu le fais en ce moment. Tu as gâché nos vies et jamais je ne te le pardonnerai.

— Je me suis toujours demandé si tu sais que c'est ta mère qui m'a demandé de partir.

Il ne poursuit pas et se laisse tomber contre le dossier de son fauteuil. Un air arrogant et fier se peint sur son visage ravagé par l'alcool. Il serait plus prudent et intelligent de ne pas embarquer dans ses allusions, mais je ne peux pas rester sans explication.

— Qu'est-ce que tu veux dire ?

— Ta mère, elle m'a dit de partir si je ne vous aimais plus.

— Ce que tu dis n'est pas une nouveauté. J'ai toujours su que tu ne nous avais jamais aimés. Tu n'as jamais été là pour nous, préférant picoler plutôt que de mettre de la nourriture sur notre table.

Un rire gras s'échappe de sa bouche.

— Tu as, et seras, toujours le même pauvre mec arrogant et exigeant que tu étais quand tu étais gamin. J'en avais marre de me casser le cul avec une famille ingrate et incompréhensive, mais surtout d'avoir des morveux stupides et braillards. Je ne sais pas qui a kidnappé ta fille, mais je crois qu'elle sera mieux sans toi.

Aaren me crie de le lâcher, ses mains s'accrochent à mes bras. J'ai perdu la connexion avec la réalité. Mes doigts se referment autour du cou de mon père alors que je lui hurle des paroles indéchiffrables.

— James ! James ! Arrête ! Tu vas le tuer !

À ces mots, je desserre ma poigne et le laisse tomber au sol dans un bruit sourd. Il tousse, crache et jure pendant que je sors de l'appartement en courant. Je dévale littéralement les escaliers et ne stoppe qu'une fois arrivé à la voiture de mon frangin. Il me retrouve quelques minutes plus tard.

— Mais qu'est-ce qui t'a pris ? T'as pas compris qu'il faisait ça pour te provoquer ? Bon sang, James ! J'espère qu'il ne te collera pas un procès sur le dos.

Ma colère s'est mutée en quelque chose de plus gros, de plus imposant et digne d'un cataclysme. Je pointe mon frère du doigt et déverse ma haine sur lui.

— Toi ! Toi ! Pourquoi t'es venu ici ? Tu lui as donné de l'argent, c'est ça ? C'est à cause de toi s'il reste dans le décor.

— Je lui en ai donné une fois. Une seule et unique fois.

— Pourquoi ? Pourquoi ? hurlé-je.

— Parce que je ne voulais pas qu'il s'approche de toi et de ta famille. Je l'ai payé pour qu'il reste loin. Je savais parfaitement que tu n'étais pas prêt à le revoir.

— T'avais pas à faire ça ! Putain de merde !

Aaren pose sa main sur mon épaule, mais ça n'apaise en rien les sentiments contradictoires qui font rage en moi. Je le repousse et fais plusieurs pas vers la rue.

— Qu'est-ce que tu fais ? Où vas-tu ? demande-t-il dans un cri.

— Je sais pas, mais loin d'ici ! J'ai envie de boire ! lâché-je, honteux.

Rapidement, Aaren me rattrape, il me tire vers la voiture, ouvre la portière et me fait signe d'entrer à l'intérieur. Je m'exécute sans un mot, puis il prend place à côté de moi. Pendant près de dix minutes, il conduit sans dire un mot, puis il se gare devant l'endroit où je vais à mes rencontres pour alcooliques anonymes.

— T'es sérieux ? soupiré-je.

— Ouais ! Lacey a besoin de toi sobre. Elle ne s'en sortira pas si tu sombres dans l'alcool. Je ne sais pas si tu l'as remarqué, mais elle s'écroule, elle ne va pas bien. Elle tente de faire bonne figure, mais ce n'est qu'une façade.

— Qu'est-ce que tu crois ! Bien sûr que je le sais. Comment veux-tu qu'on aille bien ?

Il ne réplique pas, du moins, pas tout de suite. Nous restons là à fixer la bâtisse et à ressasser le passé.

— Je n'ai pas voulu te cacher le retour de papa ni que je lui ai donné de l'argent. J'ai simplement voulu te protéger et t'empêcher de te torturer avec tout ça. Son petit numéro de tout à l'heure, il me l'a fait. Ne m'en veux pas, James.

Ma tête pivote vers lui et mon regard s'ancre dans le sien. Je sais qu'il ne voulait pas mal faire, mais une partie de moi aurait préféré qu'il m'en parle et même si ça me déplaisait.

— T'as pas à vivre cette merde tout seul, mon vieux. On a toujours tout affronté ensemble et ce sera toujours le cas.

— T'as enfin trouvé le bonheur, je ne voulais pas...

— On est deux…

— Envers et contre tous, poursuit-il.

— À deux, on est plus forts. C'est toi qui me le répétais sans cesse.

J'inspire longuement et secoue la tête vivement pour chasser l'image qui s'impose en moi depuis que j'ai vu mon père dans cet état.

— Tu crois que ça aurait pu être moi à sa place ?

— Mon frère, jamais je ne vais te laisser devenir comme lui. Je vais tout faire pour que tu restes sobre, et ce, même si je dois dormir au pied de ton lit.

Je ricane faiblement à cette perspective, mais le cœur n'y est pas. Je n'ai pas envie de rigoler ou de m'amuser.

— Si je me rappelle bien. Il y a une rencontre dans une heure, tu veux venir avec moi ? Avant que ça commence, on pourrait aller prendre un café de l'autre côté de la rue.

Aaren acquiesce d'un signe de la tête et nous sortons de la voiture. Nous marchons en direction du petit bistro dans le silence le plus total. Une voiture passe devant nous et je crois reconnaître la personne derrière le volant, mais elle va trop rapidement pour que je puisse la voir correctement.

— T'as vu ? demandé-je en pointant la vieille Toyota grise qui vient de tourner à l'intersection.

— Je sais pas. Rapidement, j'aurais cru voir Félicia, mais elle est à New York, non ?

— Ouais, c'est ce qu'on m'a dit.

— T'inquiète pas, mec. Y a des dizaines de femmes qui doivent lui ressembler.

— J'imagine. C'est juste que je ne veux pas que Lacey…

— Ta femme te fait confiance. Cesse de te faire du mauvais sang pour rien. Allons boire un café.

Guère rassuré, je fixe l'endroit où la voiture vient de disparaître jusqu'à ce qu'Aaren me tire par le bras. Une fois assis à une table, mon frangin va nous chercher un café et j'en profite pour envoyer un texto à Tristan.

« Hello, mec ! Dis-moi, t'as des nouvelles de Félicia dernièrement ? »

Aaren pose les tasses sur la table et s'assied devant moi.

— As-tu pris des nouvelles de ta femme aujourd'hui ?

— Elle est fâchée contre moi.

— Elle est simplement effrayée, James. Elle a peur de perdre sa fille.

— Qu'est-ce que tu crois ? Je suis mort de trouille moi aussi.

— Je sais, mon frère.

Nous buvons notre café en silence ou presque. Aucun de nous n'a vraiment envie de converser, car le sujet reste toujours le même et avec le même putain de problème. Quand l'heure se termine, nous nous dirigeons en silence vers l'immeuble accueillant les rencontres pour alcooliques anonymes. Au départ, je trouvais cela très malaisant de m'y rendre, j'avais l'impression que c'était tourner le couteau dans la plaie et que ça ne faisait que raviver de vieilles blessures. Avec le temps, j'ai compris que pour résoudre le problème, il faut comprendre d'où vient ce mal-être qui fait rage en nous. On ne va pas se mentir, nous, les alcooliques, le sommes, car nous avons une difficulté à vivre avec nous-mêmes. Quelque chose en nous s'est détraqué et, moi, je sais que mon père est une grande partie de mon problème.

Aaren et moi entrons, je guide mon frère vers la salle et nous nous asseyons en retrait. Je faisais toujours cela au début, ça m'a pris plusieurs séances avant de me mêler aux autres et leur raconter mon histoire. Dans un premier temps, j'avais peur qu'elle se retrouve dans les magazines *people,* ensuite, qu'on juge ce que j'ai vécu et qu'on dise : *le pauvre musicien ! Pas facile de vivre la gloire.* Après tout, mon alcoolisme ne vient pas de ma carrière musicale.

L'animateur souhaite la bienvenue à tout le monde. Plusieurs personnes prennent la parole, dont une jeune femme que je n'avais jamais vue jusqu'ici.

— Bonjour, je me nomme Malika. J'ai commencé à venir ici y a plusieurs semaines déjà. Je ne parle qu'aujourd'hui, car je me sens plus à l'aise et j'ai la sensation que je ne serai pas jugée. Y a quelque temps, ma vie a pris un tournant désastreux. C'est difficile d'avouer jusqu'où je suis allée pour de l'alcool. Mon père a toujours été dépendant à cette merde. Je me disais que jamais je ne serais comme lui. À mon plus grand désarroi, j'ai compris qu'on était très semblables.

Un sanglot s'étrangle dans sa gorge. Elle se retient pour ne pas verser une larme. Son histoire me touche beaucoup et ressemble énormément à la mienne. Quand elle termine de nous raconter ce qu'elle a vécu, elle se rassied et plaque sa main sur la bouche pour qu'on ne l'entende pas pleurer. Je me penche vers l'avant et la fixe. Ses longs cheveux blonds sont retenus par une haute queue-de-cheval. Son t-shirt noir est trop grand pour elle. Sa tête pivote vers moi et ses yeux bleus s'ancrent dans les miens. Un sentiment de déjà-vu s'imprègne en moi. Peut-être n'est-ce dû qu'au fait que nos vies se ressemblent, mais ça me laisse une drôle de sensation au creux de l'estomac.

— On y va ? demande Aaren.

La rencontre est terminée, les gens commencent à partir, d'autres restent pour discuter avec l'animateur. J'acquiesce d'un signe de la tête, et nous nous dirigeons vers la sortie. Cette jeune femme, Malika, est près de sa voiture en train de fumer.

— Attends-moi, marmonné-je à Aaren.

Je sens son regard sur moi alors que je m'avance vers elle.

— Malika ! Malika ! m'écrié-je.

Elle se retourne vers moi et me sourit. Je peux facilement voir qu'elle est une jolie jeune femme.

— Je voulais juste te dire que je me suis beaucoup identifié à ton histoire.

— Je ne sais pas ce que je dois dire, commence-t-elle en riant. Pauvre toi ou c'est sympa !

Sa voix me rappelle quelque chose, mais, encore une fois, je n'arrive pas à dire pourquoi. Ça me perturbe.

— On se connaît ? demandé-je. Ta voix et ton visage. J'ai l'impression de t'avoir déjà vue.

— Je ne crois pas, bafouille-t-elle.

Pendant quelques secondes, je la fixe, puis secoue la tête. Je n'étais pas venu la voir pour lui faire passer un interrogatoire, mais plutôt pour lui proposer de me contacter si jamais l'envie de boire se fait trop présente.

— Nos histoires se ressemblent, si jamais tu as besoin de parler, je peux te donner mon numéro de téléphone.

— Je ne connais même pas ton nom.

— James Combs. 555-555-8845.

Elle se dépêche de prendre son téléphone et d'inscrire mon numéro dans ses contacts. Aaren arrive près de moi et me demande si je suis prêt à partir. J'acquiesce d'un signe de la tête et nous regagnons sa voiture. Cette journée a été éprouvante, mais je ne suis pas au bout de mes peines, car elle est loin d'être terminée.

— Qu'est-ce que tu fais avec cette femme ? demande-t-il d'une voix dure.

— Comment ?

— Pourquoi tu lui donnes ton numéro ?

— Nos histoires se ressemblent. Ne me fais pas croire que tu n'as pas vu la ressemblance.

— Ce n'est qu'une coïncidence. Tu dois te concentrer pour retrouver ta fille plutôt que d'aider une personne que tu ne connais ni d'Adam ni d'Ève.

— Laisse-moi faire ce dont j'ai envie, putain ! explosé-je.

— Non ! C'est pas aussi simple que ça. Comment Lacey va réagir si elle l'apprend ?

— Ce n'est pas la première fois que je fais ça. Elle sait très bien que ce n'est que dans un but thérapeutique.

Il marmonne un truc auquel je ne fais pas attention. Il finit par se garer devant ma maison. La voiture de Lacey n'est pas là et une boule se forme au creux de mon estomac. J'ai l'impression que l'on vient de m'arracher tous les organes. Au pas de course, j'entre dans la maison et trouve ma mère assise sur le canapé en train de lire un livre.

— Où est-elle ?

— Elle n'est toujours pas revenue.

Ses mots sont comme une claque. J'aimerais tellement qu'elle soit là et que je puisse lui raconter ma visite chez mon père. Mon téléphone bipe dans la poche de mon jean. Je l'attrape, espérant un texto d'elle, mais ce n'est que Tristan qui me dit qu'il n'a pas de nouvelles d'elle depuis plusieurs mois.

— Je vais aller chez sa mère pour lui parler, annoncé-je.

Ma mère acquiesce tristement d'un signe de la tête.

9

Lacey

Je me réveille très tôt ce matin. Je ne peux pas dire que je suis reposée, car j'ai l'impression de n'avoir dormi que quelques minutes alors que ma nuit a duré des heures. Ça me fait tout drôle que James ne soit pas dans le lit avec moi. Ma seule envie en ce moment est de retrouver les bras de mon mari. Il est évident que, pour passer convenablement au travers cette épreuve, nous devons rester soudés. Après tout, ensemble, nous sommes plus forts. Sur la pointe des pieds pour ne pas réveiller Dominic et ma mère, je sors de la chambre, enfile mes souliers et récupère mes clés sur le bahut de l'entrée. Je conduis vers notre maison avec le soleil qui se lève. La vue est magnifique et j'aimerais tant pouvoir profiter de ce moment pour me sentir bien, mais il me manque ma fille.

Dans l'allée se trouvent la voiture de Sarah, mais aussi celle d'Aaren. Je présume que James ne voulait pas dormir seul et qu'il a demandé à sa famille de rester auprès de lui. Je suis contente qu'il puisse compter sur eux. J'entre doucement chez moi et file vers ma chambre lorsque j'aperçois Aaren assis à l'îlot en train de boire un café. Inquiète, je m'avance vers lui et remarque que ses traits sont tirés, signe qu'il n'a pas dû beaucoup dormir cette nuit.

— Tu veux un café ? demande-t-il au moment où je m'assieds en face de lui.

— Non, je vais retrouver James. Tu vas bien ?

— Ce ne serait pas à moi de te demander cela ?

Je réponds par un haussement d'épaules et un sourire en coin.

— Je vais être franc avec toi, Lacey. James m'inquiète beaucoup. Il… Il…

Il se tait et prend une longue gorgée de café. Je le regarde faire sans rien dire. Un pli orne son front et m'amène à croire que ses inquiétudes sont si importantes qu'il ne sait pas comment m'en parler.

— J'ai toujours apprécié ta franchise, Aaren, alors, n'hésite pas à me le dire si quelque chose cloche.

— Comme tu le sais, nous sommes allés chez notre père. Ce dernier n'a pas été tendre avec James. Il ne cherchait qu'à le provoquer, mais James l'a soulevé et serré à la gorge. J'ai cru qu'il allait le tuer.

Horrifiée par ce qu'Aaren m'apprend, je plaque ma main contre ma bouche. J'ai déjà vu James en colère briser des trucs ou hurler, mais jamais je n'aurais pu imaginer qu'il puisse s'en prendre de la sorte à une personne. Même si son père est un être abject, il est aussi malade et mon homme devrait être en mesure de comprendre ça.

— Qu'est-ce qu'il s'est passé ? demandé-je, stupéfaite.

— En fait, Rob a tenté de pousser James à bout. Il lui a dit que Zélie serait mieux avec ses kidnappeurs qu'avec lui, car il est arrogant et stupide.

Mes yeux se remplissent de larmes devant tant de cruauté de la part de son père. Comment peut-il dire quelque chose d'aussi méchant ? Je ne comprends pas. Est-ce simplement parce que James n'a pas voulu lui donner de l'argent ? Si c'est le cas, je suis contente que cet homme ne soit pas plus présent.

— Je m'inquiète pour mon frère. J'ai peur qu'il se recommence à boire. Nous sommes allés à une rencontre des alcooliques anonymes et…

— Et quoi ? l'interrogé-je, paniquée.

— Il a donné son numéro de téléphone à une jeune femme. Son histoire lui rappelait la nôtre et…

— Je ne comprends pas bien ce que tu tentes de me dire, Aaren. Que s'est-il passé avec cette fille ?

Il fixe sa tasse de café vide et se lève pour s'en servir une autre. Qu'il fasse tant de chichis pour si peu commence légèrement à m'agacer.

— Explique-moi tout de suite, Aaren.

— Il disait vouloir l'aider alors qu'il ne la connaît même pas. Je trouve ça bizarre. Tu connais James mieux que quiconque. Quand il ne va pas bien, il a tendance à tout faire pour qu'on ne voie pas qu'il est au bout du rouleau. En toute honnêteté, Lacey, j'ai vraiment peur qu'il recommence à boire.

Mes yeux sont fixés sur lui. Aucun mot n'arrive à franchir la barrière de mes lèvres. J'aimerais trouver les mots pour le rassurer, mais je n'y arrive pas. J'ai confiance en James, je sais pertinemment qu'il ne s'amuserait pas à détruire notre famille, mais le savoir si près du gouffre et ne pas m'en avoir parlé me fait de la peine. Peut-être aurait-il aimé le faire, mais je n'étais pas disponible hier. Je m'en veux terriblement et peut-être que c'est ce qu'Aaren essaie de me faire comprendre.

— Je vais parler avec lui, annoncé-je d'une petite voix.

Je saute en bas de mon tabouret et me dirige rapidement vers notre chambre à coucher. Vêtu simplement d'un boxer, James dort sur le dos et ronfle doucement la bouche légèrement entrouverte. Sans un bruit, je me glisse à ses côtés et me blottis dans ses bras.

— J'espère que ce n'est pas toi, Aaren, marmonne-t-il, la voix endormie.

Sa réplique me fait pouffer et je fais glisser mes doigts sur la peau nue de son torse. Tendrement, il passe son bras autour de mes épaules et m'attire contre lui.

— Tu m'as manqué, murmure-t-il.

— Toi aussi. Comment tu vas ? demandé-je, visiblement incapable de cacher mes inquiétudes.

— Maintenant que tu es là, ça va mieux.

— Aaren m'a parlé de la visite chez ton père et ce qu'il t'a dit, commencé-je.

James soupire et tente de se redresser, mais je l'oblige à rester dans le lit avec moi. Je n'ai pas envie qu'il se braque ou qu'il s'éloigne. Je le veux contre moi que ça lui plaise ou non.

— Je n'ai pas envie de parler de ça, Lacey.

— M'en fous que tu me le dises ou pas. Aaren a tout cafté, mais sache qu'on s'inquiète pour toi.

— Je ne recommencerai pas à boire. J'ai une famille et vous êtes tout ce qui compte pour moi. Je te promets que je ne ferai pas cette erreur, je te prie de me croire.

Ma main trouve la sienne et mes doigts se nouent aux siens. James n'ajoute rien et nous restons un long moment ainsi sans bouger.

— J'ai vu comment il était et je me suis dit que ça aurait pu être moi.

— Non, mon amour, tu es beaucoup plus fort que lui.

— Tu ne l'as pas vu, tout sale, puant la transpiration, l'alcool, le vomi et la bile. C'était répugnant. Je crois que ça m'aurait fait moins mal s'il avait pu se sortir de cette dépendance et être heureux.

— Tu es quelqu'un de bien, James. C'est normal que tu souhaites que ton père soit bien.

— C'est surtout être confronté à cette image de lui qui m'a fait comprendre cela. Cependant, je ne peux pas lui pardonner d'avoir dit que Zélie serait mieux sans moi.

— Tu es un papa extraordinaire, toujours plein d'attention pour ta fille et personne ne pourra jamais t'enlever ça. Les gens pourront parler autant qu'ils le souhaitent, ta famille sait quelle personne merveilleuse que tu es.

James me serre un peu plus contre lui et embrasse le dessus de ma tête. Nous restons un petit moment ainsi. Tranquillement, je m'endors et, cette fois, mon sommeil n'est pas agité, il est même réparateur, enfin, du mieux qu'il peut l'être malgré cette situation stressante. Après quelques heures, je me réveille, James n'est plus avec moi, je suis seule et il me manque déjà. Je saute du lit et récupère des vêtements dans la penderie et m'habille. Je revêts une robe noire et rouge, puis remonte mes cheveux en un chignon sur ma tête.

Je sors de la pièce et me dirige vers le salon. Quelle n'est pas ma surprise de constater que la maison est vide ! Je reviens donc sur mes pas pour vérifier si James ne m'a pas laissé une note dans la cuisine, mais je ne trouve rien. D'un pas rapide, je retourne dans la chambre pour récupérer mon téléphone. J'ai plusieurs appels manqués qui sont tous de mon homme, mais il n'a laissé aucun message sur la boîte vocale. Je tente de le rappeler, mais il ne me répond pas. Nerveuse, je retourne dans la cuisine pour la passer au peigne fin dans l'espoir de trouver un papier avec l'écriture de James, mais rien du tout.

Mon téléphone sonne dans ma main, me faisant sursauter vivement. Le prénom de James apparaît sur l'écran.

— Allô, James ?

— Ma chérie, c'est Sarah.

— Que se passe-t-il ? m'écrié-je, nerveuse.

— James est au commissariat. Son père a porté plainte contre lui à cause d'hier.

— Bon sang ! Quand est-ce que ça va arrêter ! murmuré-je.

Une larme coule sur ma joue et je me laisse tomber sur un des tabourets. Je n'en peux plus. Tout ce qui nous arrive est vraiment difficile à encaisser et je ne sais pas si j'y pourrai supporter tout cela encore bien longtemps.

Quelqu'un frappe à la porte, je me traîne jusqu'à l'entrée pour ouvrir et tombe sur Kirsten ma belle-sœur. Mon visage est strié de larmes, signe que j'ai pleuré comme une Madeleine. Dès qu'elle m'ouvre les bras, je m'y jette et pleure un bon coup. Affectueusement, elle me caresse le dos et tente de me rassurer, mais, là, je ne m'inquiète plus seulement pour ma fille, mais aussi pour mon homme.

— Ça va aller, Lacey ! murmure-t-elle.

— Oui, je présume. Entre !

— J'ai ramassé ton courrier dans la boîte aux lettres.

Elle me tend une pile d'enveloppes et je les observe une après l'autre pour contacter l'inspecteur si jamais une me semble suspecte. Une attire mon attention plus que les autres. Bien qu'elle me semble anodine, elle m'est adressée avec le cachet de la poste, mais pas d'adresse de destinataire. J'invite Kirsten à me suivre à la cuisine et me saisis d'un coupe-papier pour l'ouvrir. Un polaroïd en tombe et, tout de suite, je m'en saisis. Il s'agit de Zélie en train de jouer dans une chambre avec une poupée. La date d'hier orne le coin blanc de la photo. Un cri s'échappe de ma gorge.

Ma fille ! Mon bébé !

D'une voix absente, j'ordonne à Kirsten d'appeler l'inspecteur Riviera. Je sors la lettre en prenant soin de la toucher le moins possible. Je ne sais pas pourquoi je fais ça, mais je crois que j'ai besoin de voir qu'ils m'ont donné des informations sur l'état de ma fille. Je veux être rassurée et la photo ne me suffit pas.

« 500 000 $ sinon tu ne reverras jamais ta fille vivante. C'est ce que ça me coûtera pour élever l'enfant que ton mari m'a fait.

P.S. Ai-je besoin de te dire de ne pas contacter les flics. Je reviendrai vers toi sous peu. »

— Raccroche ! Raccroche ! hurlé-je, paniquée.

— Quoi !

— Raccroche, putain !

Kirsten obéit en fronçant les sourcils. Je lui fais signe de ne pas bouger et me saisis d'un sac de plastique pour mettre de la nourriture au congélateur. Avec précaution, je glisse, l'enveloppe, la lettre et la photo à l'intérieur. Ensuite seulement, je la montre à ma belle-sœur. Elle regarde le polaroïd avec la larme à l'œil, puis elle lit la lettre. Lorsqu'elle a terminé, elle lève vers moi ses grands yeux qui me posent des tonnes de questions.

— Ne me dis pas que tu crois à tout ça ! commence-t-elle en me voyant secouer la tête de gauche à droite.

— Je ne sais plus qui croire, Kirsten. Pourquoi une personne ferait ça sans raison ?

Elle semble réfléchir, elle ouvre la bouche pour parler, mais se ravise quand nous entendons la porte d'entrée ouvrir et des pas venir vers nous. Sa mère et Aaren sont aussi là près de lui.

— Ma chérie !

James semble au bout du rouleau. Une visite au commissariat n'était pas vraiment dans ses plans pour la journée, j'imagine. Voyant que je ne réponds pas, ses yeux glissent jusqu'à la lettre que Kirsten a déposée devant elle.

— Non ! Non ! Ne me dis pas que ça recommence.

Tout ce que je peux faire est d'acquiescer d'un signe de la tête et de lui tendre le sac en plastique transparent. James prend conscience du contenu, puis s'avance vers moi.

— Pourquoi tu l'as ouverte ?

— Parce qu'elle m'était adressée.

— Putain, Lacey ! Qu'est-ce qu'a dit l'inspecteur Riviera ? Les empreintes...

— Si on lui donne 500 000 $, on retrouve notre fille, James, mais on ne doit pas prévenir l'inspecteur. Je...

— T'es folle ou quoi ? On ne va pas risquer la vie de notre fille !

— Je ne le suis pas. Je suis désespérée, tu comprends ? Puis pourquoi une personne en ferait autant pour nous faire chanter si ce n'était pas la vérité ?

— T'es sérieuse, là ? Tu crois vraiment que je t'ai trompée ? explose-t-il.

Kirsten, Sarah et Aaren sortent de la pièce pour nous laisser un peu d'intimité. James me fusille du regard et immédiatement, je me sens mal.

— Je ne sais plus quoi penser, James. L'enquête ne semble pas avancer et, là, on reçoit ça.

— As-tu prévenu l'inspecteur ? demande-t-il sur un ton sans appel.

— Non !

Me tournant le dos, il récupère son téléphone dans la poche de son jeans et compose le numéro de l'inspecteur Riviera. Mon cœur bat à cent mille à l'heure dans ma poitrine. Il claque tellement fort que j'ai l'impression qu'il va exploser. Des points noirs dansent devant mes yeux, puis je m'écroule au sol.

Quand je me réveille, c'est Kirsten qui est penchée au-dessus de moi. Je me trouve dans mon lit avec une compresse d'eau froide sur le front et dans le cou.

— Où est James ? la questionné-je.

— Il parle avec les inspecteurs.

— Il est en colère contre moi ?

— Je ne crois pas, ma chérie. Il est peut-être un peu déçu, mais il n'est pas fâché.

— Je veux le voir, s'il te plaît, exigé-je d'une petite voix.

— Je vais vérifier s'il peut s'absenter un petit moment.

Elle quitte la pièce, me laissant seule avec mes sombres pensées. Cette situation me rend complètement folle et me fait douter de tout, même de l'homme de ma vie. La porte s'ouvre et James apparaît.

— C'est beaucoup d'émotions pour toi. Tu dois impérativement te reposer.

— Peux-tu venir t'asseoir près de moi ?

— Lacey, je… on m'attend dans la cuisine et je…

— S'il te plaît, James.

Ma voix se casse et des larmes coulent sur mes joues. James ne bouge pas et me fixe pendant quelques secondes.

— Je ne sais plus quoi croire, James, braillé-je. Notre fille a été kidnappée et…

— J'ai bien des défauts, Lacey, mais te tromper, jamais. J'espère que tes doutes s'évaporeront rapidement qu'on puisse continuer à avancer ensemble dans cette merde qui nous tombe dessus.

— Pourquoi on nous fait ça ?

— J'en sais rien. Maintenant, repose-toi !

Il n'attend pas ma réponse et quitte la pièce, laissant en moi un vide incommensurable. J'aimerais lui parler, lui demander de m'écouter, de m'expliquer ce qui se passe ou encore ce qu'on a fait de mal. Je ne comprends plus rien à rien et de ne pas pouvoir vivre cette épreuve avec mon compagnon me rend malade. La porte s'ouvre à nouveau, mais je ferme les yeux et fais comme si je dormais. Je reconnais le parfum de Sarah, elle dépose quelque chose sur la table de chevet avant de repartir.

Je me laisse aller à pleurer contre mon oreiller, mais, malheureusement, je ne trouve pas le sommeil. Je reste ainsi jusqu'à pas d'heure, espérant que James vienne me trouver, mais il ne vient pas.

Je sors du lit et me dirige vers le salon. La maison est plongée dans le noir et minuit va bientôt sonner. Je le trouve couché sur le canapé avec la télévision allumée, mais le son coupé. Je m'assieds sur la table basse et me penche vers lui.

— Je m'excuse, James. J'ai confiance en toi, mais je me sens tellement perdue.

— Je comprends, Lacey.

C'est la seule chose qu'il me dit. Il reste là à me fixer, puis il dépose son téléphone à côté de moi sur la table.

— À qui tu parles ?

— Une jeune femme que j'ai rencontrée aux rencontres des alcooliques anonymes.

— Ah ouais ! Alors discuter avec elle est plus important que de venir réconforter ta femme enceinte ! m'emporté-je.

— Tu crois que je t'ai trompée, Lacey !

— Non, c'est faux, et tu le sais !

— Eh bien ! Alors, on a un problème de communication, car c'est bien ce que j'ai entendu.

— Fais comme tu veux ! Si tu préfères parler avec une autre, fais comme tu veux...

Blessée, je quitte la pièce pour me réfugier dans notre chambre. Il y a trop de nous ici, pas assez de Zélie. J'aimerais tout casser, tout briser. Peut-être que ça m'apaiserait. J'inspire longuement pour me calmer. Il serait préférable que je sorte d'ici et que je prenne un peu d'air une balade sur la plage me ferait le plus grand bien.

— Où vas-tu ? demande James quand j'ouvre la porte pour sortir de la chambre.

— Prendre de l'air. J'en peux plus de cette dispute. Si tu étais à ma place, aurais-tu cru sans l'ombre d'une hésitation que je ne mentais pas ?

— Oui, parce que je t'aime plus que ma propre vie.

— T'es un gros menteur, James Combs. Tu aurais hurlé, fait une scène digne d'un opéra. Tu m'aurais fait une crise de jalousie, car tu es ainsi, intense, jaloux, impulsif et possessif.

— Tu as probablement raison. Cette femme que j'ai rencontrée à la rencontre des alcooliques anonymes n'est rien pour moi.

— Je sais, mais tu préfères discuter avec elle de ce qui ne va pas plutôt qu'avec moi. J'aimerais que tu comprennes ça. Ça me fait mal. Nous sommes un couple, une équipe et il n'y a pas de place pour une tierce personne totalement inconnue.

— Je comprends, ma chérie. Je m'excuse.

Je serre les lèvres et ferme les yeux. James tue la distance qui nous sépare et noue ses bras forts et musclés autour de ma taille.

— Est-ce que tu me pardonnes ?

J'acquiesce d'un signe de la tête avant de lever mon visage vers lui. Ses lèvres s'emparent des miennes et il m'embrasse.

— Je t'aime, Lacey, murmure-t-il contre ma bouche.

10

James

Blesser Lacey n'était pas mon but, mais parler avec cette personne qui ne connaît strictement rien de moi, de mon histoire, de ma vie ou de ma célébrité me fait du bien. Malheureusement, c'est difficile de faire taire ce sentiment de culpabilité qui me colle à la peau depuis hier. Pendant l'espace d'un instant, j'ai oublié la situation dans laquelle nous vivons. Comment ai-je pu penser à autre chose ? Comment ai-je pu délaisser la femme que j'aime ? Je m'en veux terriblement. Pour me racheter, j'ai donc décidé de lui faire le petit déjeuner et de le lui servir au lit. Je ne prends donc pas la peine de revêtir un pantalon pour la préparation de ce festin, car j'ai l'intention de prendre un moment au lit avec ma femme. Y a que ma mère, Lacey et moi dans la baraque et maman m'a déjà vu plus d'une fois tout nu. Ça ne l'impressionne donc pas tellement.

Je lui prépare donc des œufs, du bacon, des crêpes et des fruits frais. J'en fais aussi pour ma mère et compte bien aller lui porter un plateau à sa chambre. Après tout, elle nous aide énormément et elle a passé une partie de la journée au commissariat pour m'attendre. Sa présence est réconfortante pour nous.

La sonnette d'entrée retentit dans la maison à plusieurs reprises. Bon sang de merde ! Cette personne va réveiller la maisonnée au grand complet. Ma mère et Lacey ont besoin de calme et de sommeil. Je ne sais pas qui se trouve derrière la porte, mais il va entendre parler de moi. Il est à peine huit heures et c'est trop tôt pour débarquer chez les gens. Furieux, je me dirige vers le vestibule et ouvre à la volée dans le but d'incendier cette personne. Des flashs crépitent, on crie mon prénom pour avoir mon attention alors que je suis figé comme une statue de sel.

— James ! Ferme la porte, gueule Lacey derrière moi.

Je m'exécute, puis me retourne vers elle sans comprendre ce qu'il vient de se passer. Ma mère arrive au même moment et nous demande ce qu'il se passe.

— Je crois que quelqu'un a parlé aux journalistes, souffle ma femme, dépitée.

Ils frappent contre la fenêtre avant de notre maison et contre la porte dans l'espoir qu'on leur ouvre. Putain ! Qu'est-ce qu'ils veulent ? Une interview ? Avoir les derniers potins sur l'enlèvement de mon bébé ? N'ont-ils donc aucune conscience ? La colère m'habite avec tellement d'intensité que je n'arrive même plus à bouger. Rapide, ma mère va fermer les rideaux et verrouille les portes. Mon cœur bat la chamade et j'ai l'impression que je vais vomir. Je vais carrément dégobiller tellement la situation me rend malade. Ils sont immondes. J'ai toujours détesté les médias et cette fois ne fait pas exception.

— Comment ces charognards ont-ils pu être au courant ? s'écrie ma mère.

L'entendre parler de la sorte me choque légèrement, et probablement que dans une autre situation, je rirais, car elle n'emploie jamais ce genre de mot, mais pas maintenant. Lacey s'avance vers moi et prend mon visage entre ses mains. Son regard s'ancre au mien et elle me sourit tendrement.

— Ça devait arriver tôt ou tard. Nous ne les laisserons pas s'ingérer dans l'enquête, je te le promets. On va contacter l'inspecteur pour l'informer de la situation.

— Je vais appeler ton frère et ta sœur pour les prévenir, mais aussi ta mère, Lacey. Est-ce que ça vous va ?

Nous acquiesçons d'un signe de tête et j'entraîne ma femme vers la cuisine pour lui parler seul à seul. Je panique littéralement et j'ai besoin de sa présence. Je lui fais signe de s'asseoir sur un tabouret et, pendant quelques secondes, je fixe le vide en me demandant ce que je peux faire pour régler la situation. Il n'y a rien que je pourrais faire d'autre que de prendre soin de Lacey, je poursuis donc la préparation du petit-déj', mais sans grand entrain. J'ai l'impression maintenant que les médias sont au courant que ça rend la chose plus réelle, plus concrète. Lacey sentant mon mal-être s'approche de moi et se blottit contre mon dos en passant ses bras autour de ma taille.

— On va s'en sortir ! murmure-t-elle. Zélie va nous revenir.

Mes mains s'accrochent désespérément aux siennes. J'ai l'impression que mon monde vacille, que ma vie est séparée en deux. Pourquoi c'est si dur ?

— Ta mère et Dominic venaient vous rendre visite...

Ma mère entre dans la pièce, mais en ressort rapidement en voyant que nous avons besoin d'intimité. Lacey me lâche et se saisit d'un bout de bacon qu'elle repose tout de suite dans sur le papier absorbant.

— Ma mère ici… Je n'ai pas l'énergie pour ces simagrées. Si je n'étais pas enceinte, j'aurais besoin d'un verre, souffle-t-elle.

Impossible de ne pas pouffer devant ce qu'elle vient de dire. Lacey fait de gros efforts pour bien s'entendre avec sa mère, mais parfois, c'est plus difficile qu'il n'y paraît. Elle est sympa, mais elle vit carrément dans un monde décalé. Je sais que c'est la partie que Lacey trouve le plus difficile.

— Tu crois que Rivers en souffrirait beaucoup si je buvais un verre ? demande-t-elle dans un soupir.

Surpris, je me retourne vers elle. Quand elle était enceinte de Zélie, j'avais proposé ce prénom et ça avait été un non catégorique. Ses yeux sombres s'ancrent dans les miens.

— Je sais que tu aimes ce prénom.

— Qui te dit que ce sera un petit mec ?

— Mon instinct, répond-elle simplement.

— Lacey, je ne sais pas ce que je ferais si tu n'étais pas là pour me soutenir.

Un mince sourire se dessine sur son visage d'ange.

— Je me répète sans cesse la même chose te concernant.

Des bruits se font entendre depuis le vestibule signe que Jez et Dominic sont là. Lacey souffle un bon coup et plaque un faux sourire sur ses lèvres.

— Tu devrais aller t'habiller, James. Tu sais combien ma mère te trouve mignon…

Elle me taquine, mais il est vrai que sa mère a toujours eu un faible pour moi. Rapidement, je me dirige vers notre chambre pour enfiler des vêtements. Mon idée d'un petit-déj' en amoureux est rapidement tombée à l'eau. Après m'être vêtu, je prends quelques secondes pour vérifier mes messages et j'en trouve un de Malika, la jeune femme que j'ai rencontrée aux alcooliques anonymes.

« Hello, James ! J'espère que tu vas bien. T'as bien dormi ? En tout cas, notre conversation d'hier m'a énormément fait de bien. J'ai l'impression que tu me comprends comme personne. »

Je ne sais pas comment interpréter ce texto. D'habitude, je demanderais l'avis de Lacey. De nous deux, c'est elle la femme et qui sait comment fonctionne le cerveau humain. Malheureusement pour moi, impossible de lui poser la question sans déclencher une autre dispute entre nous. J'inspire longuement et choisis de ne pas répondre. Si elle est intelligente, elle comprendra que je n'en ai rien à cirer d'elle. Si elle est déjà accro à moi, elle va se la jouer tache. Cette seule pensée me rend mal. Cette personne a les mêmes problèmes d'alcool que moi, je ne peux pas l'ignorer de la sorte.

« J'ai bien dormi, merci ! Je t'envoie un message plus tard, ma femme m'attend. »

Ainsi, elle saura que j'ai quelqu'un dans ma vie et c'est réglé rapido presto. Je sors de la chambre et vais retrouver ma famille dans le salon. Lacey semble déjà à bout de nerfs, alors que Jez et ma mère discutent ensemble. Dès qu'elle me voit, Lacey me sourit et me fait signe de m'asseoir à côté d'elle. Dominic se lève pour me faire une petite accolade et se rassied. Mon beau-père n'est pas un grand bavard. Il observe et, quand il prend la parole, ce qu'il dit est toujours très sensé.

— Je me doute que vous préférez être en famille, mais je ne pouvais pas rester loin de ma fille en ce moment, me lance ma belle-mère.

— C'est normal, Jez. Lacey a aimé que vous la preniez chez vous pour la nuit.

— C'est difficile pour tout le monde et nous devons nous soutenir. Zélie me manque énormément.

L'expression de ma femme se radoucit. Les mots de sa mère semblent la toucher et son corps tout entier est moins crispé.

— Je sais, maman, et tu es la bienvenue ici.

Le téléphone de Lacey sonne, elle le prend sur la table basse devant elle et fronce les sourcils en voyant le nom de son père sur l'écran.

— Qu'est-ce qu'il y a ? demande ma mère.

— L'être insensible et démoniaque qui me sert de père tente de me joindre.

La sonnerie cesse, mais elle recommence aussitôt qu'elle s'est éteinte. Lacey répond et pose son smartphone sur son oreille.

— Que puis-je pour toi, Tommy ?

La réponse de Tommy ne semble pas faire le bonheur de sa fille, car un pli d'irritation creuse son front. J'aimerais entendre ce qu'il dit et pouvoir intervenir s'il dépasse les bornes. Si passer un moment avec Jez est toujours un peu éprouvant pour Lacey, parler à son père est une torture. Elle se lève et va s'enfermer dans la chambre. Le geste m'agace, car je ne peux pas laisser nos invités et retrouver Lacey.

— Est-ce que ça te dérangerait si j'allais dans la chambre de Zélie ?

— Non. Bien sûr que non, fais comme chez toi, marmonné-je.

Ma belle-mère se lève et se dirige vers la pièce où dort mon bébé. Cette maison est vraiment parfaite, mais, avec l'arrivée de Rivers, nous serons bientôt à l'étroit. Il serait temps d'envisager de se trouver quelque chose de plus convenable. Lacey aime tellement cet endroit qu'elle risque de ne pas être d'accord, mais, une maison sur la plage, ça va quand tu es célibataire, pas quand tu as une famille.

Inquiet de ne pas voir revenir Lacey, je me lève sans me préoccuper des autres et me dirige vers notre chambre. Au moment où je passe devant celle de notre fille, j'entends renifler, signe que Jez pleure. Doucement, je pousse la porte et la trouve assise par terre, tenant une peluche en dinosaure appartenant à Zélie.

— Elle aime tellement les T-rex que ça ne m'étonnerait pas si elle me disait qu'elle veut devenir éleveuse de dinosaures.

— Peut-être un truc plus terre à terre comme archéologue, renchérit Jez.

— Tant qu'elle est heureuse, c'est tout ce qui compte.

— C'est ce que je trouve le plus difficile : ne pas savoir si elle va bien, souffle-t-elle.

— Tu sais, nous sommes tous dans cette position. C'est déchirant de se demander ce qu'elle fait ou si elle souffre. Personnellement, j'essaie de ne pas y penser.

Jez lève la tête vers moi et me tend la main pour que je l'aide à se relever. Son visage est strié de larmes et sa douleur semble si palpable que je ne peux m'empêcher de la serrer dans mes bras.

— T'es un bon père, James. Lacey et toi êtes des parents remarquables.

— T'es une mamie qui déchire tout, Jez. Zélie t'adore, annoncé-je.

— Je n'ai pas été une maman exemplaire, j'étais même pitoyable, mais je crois que je me débrouille bien en tant que grand-maman.

— Tu as commis des erreurs, mais tu n'as pas été exécrable. Si je peux te pardonner, je crois que tu dois y parvenir aussi, lance Lacey depuis l'embrasure de la porte.

Les deux femmes se fixent un long moment et un silence lourd emplit la pièce. Je connais ma femme et je sais qu'elle hésite sur ce qu'elle doit faire. La tension est palpable et je ne me sens pas du tout à ma place. Je préfère donc les laisser régler tout cela entre elles.

— Je vous laisse discuter entre vous, marmonné-je en quittant la pièce.

Avant que je ne sorte de la chambre, Lacey me touche le bras, se hisse sur la pointe des pieds et dépose un baiser sur ma joue en me remerciant de m'être occupé de sa mère. Lorsque je retourne au salon, je trouve ma mère et Dominic en pleine conversation avec Tommy, le père de Lacey.

— Qu'est-ce que tu fais ici ? Lacey sait-elle que tu es là ? lancé-je de but en blanc.

— Qu'est-ce que tu crois ? demande-t-il avec une pointe d'arrogance qui m'agace.

— Tu ne viens jamais quand ça ne t'apporte pas un truc, alors, que veux-tu ?

Je sais que je devrais être plus conciliant avec mon beau-père, mais ce mec m'insupporte depuis la première fois que je l'ai vu. Il est manipulateur, menteur et se croit littéralement le roi du monde. Si je le pouvais, je le foutrais à la porte de nos vies comme un malpropre, mais il reste le père de Lacey.

— Qu'est-ce que tu veux, papa ? s'écrie Lacey dans mon dos.

— Je n'ai pas le droit de venir voir comment va ma fille pendant cette tragédie.

— Tu es au courant depuis le début et tu ne débarques que maintenant. Je crois que nous sommes en droit de nous poser des questions.

— Je suis attristé par ce qui arrive à Zélie. Je savais que tu aurais tout le soutien nécessaire et que tu n'aurais pas besoin de moi.

— C'est ta petite-fille ! s'emporte celle que j'aime. Je... Tu...

J'inspire longuement avant de prendre la parole.

— Tommy, si tu nous disais ce que tu viens faire ici plutôt que de tourner autour du pot ! exigé-je d'une voix dure.

Tommy se lève et vient se placer en face de Lacey et moi. Ma femme se saisit de ma main et la serre dans la sienne. Je ressens son besoin de soutien et je ferai tout pour qu'elle ne se sente pas mal à cause de son père. C'est arrivé trop de fois par le passé, désormais, je ne le laisserai pas faire du mal à sa fille.

— J'ai discuté avec Mick, votre gérant, et nous croyons que c'est le moment idéal pour lancer votre nouveau single.

Ce qu'il vient de me dire est tellement absurde que je n'en crois pas mes oreilles. Je crois que c'est le cas pour tout le monde dans la pièce. Lacey lâche ma main et fait un pas vers son père, puis elle stoppe.

— Attends ! Qu'est-ce que tu viens de dire ?

— Je sais que la situation n'est pas facile, mais je crois que vous devriez tenter d'en tirer le meilleur.

— Pardon ? m'écrié-je. Pardon ? Tu insinues que nous devrions utiliser le fait qu'un malade ait kidnappé notre fille pour lancer le single ?

Tommy inspire longuement avant de lever les yeux au ciel. Son geste me donne l'impression que ma question est stupide, mais si c'est vraiment ce qu'il suggère je ne donne pas cher de sa peau. En même temps, quel être humain normal peut utiliser l'enlèvement d'un enfant pour se faire de la publicité.

— Tout ce que je dis, c'est que maintenant tout le monde va vouloir écouter ce nouveau single. Comme on dit, parlez-en en bien, parlez-en en mal, mais parlez-en.

— Dégage ! Dégage de chez moi, hurle Lacey, folle de rage.

— Ma fille, il faut que tu apprennes à tirer le meilleur de chaque...

Une colère implacable s'empare de moi et me voile la vue. Les mots de Tommy tournent en boucle dans ma tête comme une ritournelle dégoûtante. Il fait un pas vers Lacey.

Parlez-en en bien, parlez-en en mal, mais parlez-en !

— J'en ai marre, Lacey ! De ce que je dis, de ce que je fais, rien n'est assez ou correct pour toi.

Je sors de ma torpeur et m'avance vers lui. Lacey se décale d'un pas. Mon regard s'ancre dans celui de mon beau-père.

— Maintenant, tu vas quitter notre maison, exhorté-je avec rage.

— Je n'ai pas terminé ma conversation avec ma fille. T'as pas ton mot à dire…

Mes doigts se referment, mon poing se crispe et je m'élance pour frapper Tommy, l'atteignant sur le nez. Du sang coule de ses narines, tachant sa chemise, puis le sol. Ma mère pousse un hurlement de surprise et, rapidement, Dominic est près de nous. Il pose sa main sur l'épaule de Tommy.

— Je crois que tu as assez fait de conneries pour aujourd'hui.

— Lâche-moi ! s'insurge mon beau-père. James, tu vas me le payer, sale connard ! Tu ne retravailleras plus jamais dans le milieu de la musique.

— Si seulement tu pouvais comprendre que la musique n'est pas la vie. En tout cas, la mienne, c'est ma famille. Tu devrais peut-être t'en inspirer. Maintenant si tu veux porter plainte contre moi, fais-le. Je suis plus à ça près. La seule chose que je déplore est de ne pas t'avoir frappé une seconde fois.

Tommy me fixe pendant de longues secondes, mais je ne cille pas. Sans un mot, il quitte notre maison en claquant la porte. Dès qu'il est parti, Lacey me prend dans ses bras.

— Merci, James ! murmure-t-elle contre mon oreille.

— Je ne croyais pas que tu me remercierais d'avoir cassé le nez à ton père.

— C'est surtout pour ce que tu as dit…

— En tout cas, moi, je t'exprime toute ma gratitude d'avoir frappé mon ex-mari. Y a vraiment longtemps que j'espère voir quelqu'un lui faire manger ses dents, s'écrie Jez dans un petit rire.

Sa phrase a le don d'alléger l'atmosphère, et ma mère se déride enfin et rit doucement. Je sais qu'elle n'aime pas les bagarres et ce genre de choses. Probablement que ça l'a affectée et perturbée, mais qu'elle puisse rire c'est signe que ça ne l'a pas trop traumatisée. Lacey inspire longuement, puis me sourit pour me signifier qu'elle ne m'en veut pas.

11

Lacey

Chaque journée qui passe sans ma fille me donne l'impression d'être pire que la précédente. Hier, les émotions coulaient à flots, entre les paparazzis que les policiers ont dû chasser pour ne pas nuire à l'enquête, ma mère qui semblait déchirée et mon père qui souhaite utiliser le kidnapping de Zélie pour faire mousser notre carrière à James et moi. Il y a environ deux mois, nous avons enregistré une chanson pour notre nouvel album en duo qui paraîtra à la fin de l'été. Le single doit sortir quelques semaines avant. Cependant, j'ai peine à croire que Mick soit mêlé à tout cela. Quand nous avons signé notre contrat de management avec lui, nous lui avons fait ajouter une clause stipulant que Tommy resterait loin de nos carrières que ce soit en solo ou en duo. Jusqu'à présent, nous n'avons jamais eu de problème, mais je sais que mon père sait se montrer très persuasif quand il veut quelque chose.

— T'en penses quoi, de Mick qui complote avec Tommy ? me demande James en me tirant de mes pensées.

— J'en sais rien. En fait, je me demandais la même chose. Nous n'avons jamais eu à nous plaindre du travail de Mick. Il est exemplaire et je ne sais plus combien de fois il a repoussé Tommy en lui demandant de rester à distance. Peut-être qu'on devrait l'appeler pour discuter avec lui.

Épuisé par la situation, James souffle fortement. Généralement, c'est lui qui s'occupe de ce genre de détail, mais je comprends parfaitement qu'il ne se sente pas capable de le faire.

— T'inquiète pas, je vais m'en occuper.

— Je... Lacey, tout ce que je souhaite en ce moment, c'est de retrouver notre fille.

— Moi aussi, mon amour. Moi aussi. Quand Zélie sera de retour, nous pourrons prendre des vacances. Qu'en penses-tu ?

— Ce serait génial, murmure-t-il.

La sonnette d'entrée retentit. James quitte le salon, sans un mot, pour aller répondre. J'en profite pour prendre mon téléphone et envoyer un message à Mick. Bien entendu, vivre ma vie, parler business ou de nos projets d'avenir alors que Zélie n'est pas là est difficile, voire horrible, mais c'est la seule chose qui m'empêche de tomber dans la dépression.

« Hello, Mick, j'aimerais te parler. Est-ce que tu peux passer dans la journée ? »

Le bruit de quelqu'un marchant avec des talons hauts parvient jusqu'à moi. Mon cœur se serre, car je sais pertinemment qui est chez moi. Depuis l'enlèvement de Zélie, j'ai tout fait pour ne pas penser à mon amie. Je ne voulais pas ressentir d'amertume ou de colère envers elle. Secrètement, j'espérais que ma fille serait de retour avec nous lorsque je reverrais Arabella.

— Lacey, Bella est là pour parler avec toi, annonce James.

Je lève les yeux vers ma meilleure amie et la fixe. Une coupure orne son front. Ses longs cheveux sont retenus en une haute queue-de-cheval et elle porte une tenue tout ce qu'il y a de plus basique. Pendant un petit moment, je la fixe sans trop savoir ce que je dois faire ou dire. Puis, elle prend la parole d'une voix tremblante.

— Je sais que vous devez m'en vouloir. Je n'ai pas assuré et...

Ses intonations incertaines se cassent et elle éclate en sanglots.

— J'aurais voulu venir avant, mais je n'avais pas le courage d'affronter votre regard, mais je ne peux plus vivre ainsi.

Elle semble si mal, si désespérée que je ne sais toujours pas quoi faire, car je suis confrontée à mes propres émotions altérées par la grossesse et aux siennes. C'est bizarre, car je lui en veux autant que j'ai envie de la prendre dans mes bras.

— Je vous en prie, pardonnez-moi ! braille-t-elle.

— Je... je... ne sais pas comment réagir, bafouillé-je.

— J'imagine. Je venais simplement te présenter mes excuses. Tu es ma meilleure amie et... tu sais combien j'adore Zélie.

Arabella est en pleurs, son visage est strié de larmes et, malgré la colère et la peur qui m'habitent, je ne peux pas rester de glace devant son mal. Je me lève et me dirige vers elle pour la prendre dans mes bras. James me fusille du regard avant de tourner les talons.

— Il m'en veut et je le comprends, souffle-t-elle.

— Attends-moi quelques secondes, murmuré-je avant de suivre mon homme.

Je le rejoins à côté de sa voiture et l'attrape par le bras.

— James ! Que se passe-t-il ? demandé-je tremblante.

— Il se passe que tu es prête à pardonner à la femme qui était là quand notre fille a été kidnappée. Elle n'a pas assuré et je ne comprends pas pourquoi ou comment tu arrives à passer l'éponge là-dessus.

— Je n'y arrive pas, mais il faut être aveugle pour ne pas voir combien elle est mal en ce moment. Elle aime notre fille autant que nous et…

— Et… elle ne l'a pas protégée, lance-t-il injustement.

Un besoin de défendre ma meilleure amie s'empare de moi et bout au plus profond de mon être.

— James, ça aurait pu arriver à la maison. Ça aurait pu être moi ou même toi.

— Non ! Jamais je n'aurais laissé ça arriver.

Stupéfaite par la dureté de sa voix, je le fixe avant qu'il ne tourne les talons et grimpe dans sa voiture pour quitter la maison en faisant crisser les pneus. Sa réaction me fait mal et me laisse sans mot. Déçue, triste et dépitée, je retourne à l'intérieur et trouve Bella assise sur le canapé.

— C'est difficile en ce moment. Je…

Je n'ai pas envie d'excuser le comportement de James, car je comprends bien sa colère et sa douleur, mais il n'en reste pas moins que je suis désappointée.

— T'en fais pas. Je comprends très bien sa réaction. Je ferais pareil si ça arrivait à mon enfant. Je ne comprends pas que tu ne m'en veuilles pas.

— Je n'ai jamais dit que ce n'était pas le cas, mais de te voir si mal m'insupporte. Je t'en veux, Bella, mais je sais que tu aimes Zélie et que tu as tout fait pour la protéger.

— J'aurais donné ma vie pour elle, mais on m'a frappée par-derrière. Je n'ai rien vu, sauf une mèche de cheveux blonds.

— Tu en as parlé à l'inspecteur Riviera ? demandé-je.

— Oui. Chaque fois qu'ils sont venus m'interroger. J'aurais tellement aimé pouvoir être plus utile.

J'inspire longuement. Mes pensées partent dans tous les sens et sont loin d'être cohérentes. Certaines expriment la colère, l'incompréhension et d'autres, le plaisir de pouvoir compter sur ma meilleure amie. Je suis déchirée, carrément en morceaux sans ma fille. D'une part, j'en veux, moi aussi, à Bella, d'une autre, je me dis qu'elle n'a pas pu faire grand-chose. Mon téléphone sonne sur la table basse et le nom de Mick apparaît sur l'écran.

— Excuse-moi, je dois le prendre, annoncé-je.

Bella acquiesce d'un signe de la tête alors que je me lève pour répondre depuis la terrasse.

— Allô, Mick !

— Lacey, ma chérie. Désolé de ne pas vous avoir contactés avant. Je ne voulais pas imposer ma présence dans ce moment difficile.

— Tu sais que tu ne t'imposes jamais.

— T'es un amour ! Tu voulais me parler ? Je pourrais être chez toi d'ici une petite demi-heure. Est-ce que ça te va ?

— Oui, bien entendu. Je ne bouge pas de la maison.

Mick me salue et met fin à la conversation. Fatiguée et à bout de nerfs, j'appuie mes coudes sur la rambarde et fixe la plage, cet endroit que Zélie adore plus que tout. Elle adore se baigner et moi, la regarder jouer dans l'eau avec James. Ce sont nos plus beaux moments en famille.

— Vous avez une vue magique, madame Combs, lance une voix masculine dans mon dos.

Vivement, je me retourne et croise le regard de l'inspecteur Riviera.

— Votre amie, mademoiselle Velásquez, m'a fait entrer.

— Y a un souci, monsieur l'inspecteur ?

— Non, je voulais simplement vous poser de nouvelle question à la suite nouvelle information que nous avons reçue. Entrons, si vous n'y voyez pas d'inconvénient.

— C'est l'endroit que ma fille préfère au monde, commencé-je. Parfois, je la regarde jouer dans l'eau avec son père et je me demande ce qu'elle fera plus tard. Il y a tant de possibilités pour elle et j'ai de la difficulté, maintenant, à envisager son avenir. Alors, si ce sont des informations négatives, je préférais les recevoir ici plutôt qu'à l'intérieur.

L'inspecteur acquiesce d'un signe de la tête et vient se placer près de moi.

— Je comprends que votre fille adore cette plage. Elle est superbe. Je vais être franc avec vous, ce n'est rien de mauvais, c'est même plutôt bon en soi. Nous avons pu retrouver l'endroit où a été postée la lettre. Malheureusement, la femme portait une casquette et devait, sans doute, bien connaître l'endroit, car elle a évité les caméras de surveillance.

— C'est une femme ? demandé-je dans un cri.

Je ne saurais dire pourquoi, mais d'avoir confirmation que ce n'est pas un homme me rassure. Peut-être que c'est idiot et rempli de préjugés, mais ainsi, je sais qu'elle n'a pas subi de violences sexuelles ou un truc dans ce genre-là.

— Je ne peux le confirmer à 100 %, mais c'est bien une jeune femme qui a apporté la lettre. Le commis qui était en service se souvient peu d'elle, mais nous avons pu faire une photo depuis la vidéo de la caméra de surveillance.

Il me tend une image, la personne porte une casquette noire, de longs cheveux blonds lui cachent le visage, mais nous pouvons apercevoir son menton. Elle porte un t-shirt blanc ainsi qu'un jeans noir, mais rien qui ne permette de l'identifier.

— Je ne peux pas voir qui c'est.

— C'est bien ce que je pensais. Est-ce que votre mari est là ? J'aimerais lui montrer la photo.

— Non, c'est difficile pour lui en ce moment et...

— Je n'ai jamais perdu d'enfant de la sorte, mais je peux imaginer votre douleur. Ce n'est pas ma première affaire d'enlèvement, mais je ne peux que vous suggérer de rester soudés.

— C'est ce que l'on tente de faire. Merci du conseil. Je peux garder la photo pour la montrer à mon mari.

Il me tend la feuille et retourne à l'intérieur. Pendant de longues minutes, je fixe cette personne qui est impliquée dans l'enlèvement de ma fille en me demandant si elle sait le mal qu'elle nous fait.

J'aimerais avoir un moment pour souffler, mais la porte coulissante s'ouvre à nouveau et quelqu'un vient se placer à côté de moi. Je reconnais immédiatement le parfum boisé de Mick, notre agent. Il me prend la photo des mains.

— C'est qui ?

— Probablement la personne qui a kidnappé Zélie et qui nous fait chanter. On ne la voit pas bien, mais peut-être la reconnaîtras-tu.

— J'aimerais te dire le contraire, mais non.

Un sanglot s'échappe de ma bouche et Mick passe son bras autour de mes épaules pour m'attirer contre lui. Mickael Lane est un homme de trente-cinq ans, séduisant, mais aussi très charmeur, il a su tout de suite nous mettre à l'aise, James et moi. Nous venions de rencontrer une dizaine d'agents, tous prêts à nous représenter, mais qui n'avaient pas les convictions que nous recherchions. Mick s'est imposé par son honnêteté et sa franchise.

— Je sais que ce n'est pas facile et je m'en veux tellement de ne pas avoir été là depuis le début.

— Ne t'inquiète pas, nous ne t'en voulons pas.

C'est difficile de supporter tout un chacun alors que je suis au plus bas. J'ai l'horrible sensation que mon monde se repose sur mes épaules quand j'ai le plus besoin d'eux. S'il y a une chose que je sais, c'est que je dois être forte pour James. Il a été là pour moi quand j'étais au plus bas après le décès de mon groupe et je vois bien, qu'en ce moment, il s'écroule littéralement.

— Revenons à la raison de ma présence ici, lance-t-il en me repoussant légèrement.

— Tommy est passé hier et…

— Ouais, il est venu me voir avec une idée complètement farfelue et je lui ai interdit de venir vous voir pour vous parler de ça.

Soulagée, je pousse un soupir et m'assieds sur la chaise longue la plus près. Mon estomac fait des soubresauts et une nausée fulgurante s'empare de moi.

— Est-ce que ça va, Lacey ? demande-t-il, visiblement inquiet.

— Oui… enfin… je suis enceinte… stressée et à bout de nerfs, soufflé-je en mettant ma tête entre mes genoux.

— Où est James ?

— Parti prendre de l'air. Il avait besoin d'être seul.

Du coin de l'œil, je vois Mick prendre son téléphone et envoyer un message. Mon petit doigt me dit qu'il prévient James de la situation et ça me libère d'un poids de savoir qu'il va bientôt renter. J'ai besoin de lui et, quand il est loin de moi, j'ai l'impression de cesser de vivre.

— Tu veux boire un thé, propose gentiment Mick.

— Oui, s'il te plaît.

Il prend la photo de ma main droite. Je n'avais pas remarqué à quel point je la serrais fort entre mes doigts. Une fois sur pied, il passe son bras autour de mes épaules et m'entraîne à l'intérieur, puis vers la cuisine où se trouve Bella en train de cuisiner.

— Qu'est-ce que tu fais ? demandé-je.

— Tu sais que je ne suis pas une grande cuisinière, mais je sais préparer de la soupe au poulet, comme le faisait ma mémé.

— Merci, Bella, balbutié-je.

12

James

Depuis une heure, je me trouve devant ce putain de bar à fixer la porte depuis ma voiture. Je ne comprends pas pourquoi, mais surtout comment Lacey peut pardonner à Arabella pour ce qu'elle a fait. Si elle s'était bien occupée de notre fille comme elle devait le faire, nous ne serions pas dans cette putain de situation. L'envie de me saouler la gueule, de boire jusqu'à perdre la carte s'empare de moi et me fait trembler. En ce moment, je mène contre moi-même le plus difficile des combats, rester sobre ou succomber à la tentation. Mes mains tremblent, j'hésite, oscillant entre la folie et la réalité. Qu'est-ce que je perds à ne boire qu'un verre ? Personne ne le saura jamais si je m'en tiens à une seule consommation.

Mon téléphone sonne, me faisant sursauter. Espérant un message de Lacey, je réponds sans regardant l'appelant sur l'écran.

— Allô, ma chérie. Pardonne-moi pour tout à l'heure...

— Salut, James. Je ne sais pas de qui tu attends l'appel, mais c'est Malika.

— Ah oui ! Je croyais que c'était ma femme. Excuse-moi.

— Ta femme ! Je ne savais pas.

— Ouais, je t'en ai parlé quand on s'est envoyé des textos.

— Je ne croyais pas que vous étiez encore ensemble, c'est tout.

Je ne sais pas à quel moment elle s'est imaginé que j'étais libre. Si je ne me trompe pas, je lui ai même dit que ma femme m'attendait au moins une fois. Bon sang, je ne sais plus. Les événements se mélangent dans ma tête et je n'arrive plus à les remettre en ordre.

— Peu importe. J'espère que tu vas bien.

— Je… Je… Non, ça ne va pas ! T'as pas envie qu'on prenne un café ?

— Oui ! Oui ! Y a un Starbucks en bas de chez moi, je t'envoie l'adresse par texto, s'écrie-t-elle.

— D'accord, mais fais vite.

Je raccroche et patiente en fixant mon portable. Une petite voix me hurle de foutre le camp très loin et de ne pas me retourner, mais je sais que si je bouge, je risque d'entrer dans ce putain de bar. Un message de Malika arrive avec son adresse. Rapidement, j'enclenche le GPS et suis les indications. Dès que je m'éloigne de cet endroit maudit, je me sens mieux, mais pas assez pour retourner à la maison.

Le quartier me semble calme quand je me gare devant un immeuble blanc. Je ne suis pas certain d'être au bon endroit puisqu'il ne semble pas avoir de Starbucks dans le coin. Un message arrive sur mon téléphone.

« Appartement 21, deuxième étage. »

Non, mais c'est sérieux ? Est-ce que je suis tombé dans un guet-apens et des paparazzis vont me tomber dessus dès que je ressortirais de chez Malika ? J'imagine déjà ma tête sur les magazines people et rien que ça, ça me donne la nausée.

Qu'est-ce que je fais ? J'entre ou je prends la poudre d'escampette ?

Mon regard s'attarde sur l'immeuble blanc, propre avec des fleurs dans les plates-bandes. C'est un joli endroit. Sur le balcon de droite, Malika me fait des signes de la main. Je ne peux donc pas me sauver, je sors donc du véhicule et entre dans la bâtisse.

Je cogne à la porte, Malika répond en deux secondes et demie. Elle est vêtue d'une robe d'été et arbore un petit ventre bien rond.

— T'es enceinte ? lui demandé-je, intrigué.

— Ouais ! Mon ex est un salopard, réplique-t-elle simplement en me faisant signe de la suivre.

J'entre dans l'appartement qui est d'une blancheur stupéfiante. Si j'habitais ici, ça me donnerait la migraine. Malika me demande si je veux boire quelque chose, mais je refuse. Elle ouvre quand même le frigo pour me donner une bouteille d'eau. Quelle n'est pas ma surprise d'y apercevoir une bouteille de vin blanc.

— Tu as de l'alcool chez toi.

Immédiatement, le rouge lui monte aux joues.

— Ça date d'avant ma grossesse, puis je crois que c'est à ma meilleure amie. Je sais plus.

Je ne réponds pas et me saisis de la bouteille d'eau qu'elle me tend avant d'en avaler une grosse gorgée. J'ai bêtement cru que je me sentirais mieux loin de la maison, mais j'ai un sentiment de ne pas être à ma place, que quelque chose cloche.

— Je te ferais bien visiter, mais c'est petit et inintéressant. En revanche, on peut aller au salon.

Elle m'attrape par le bras et me tire vers l'autre pièce. Je ne sais pas si c'est cette sensation de manque, le désir de boire de l'alcool qui fait que mon corps semble soudainement mou. Docilement, je me laisse faire tout en essayant de comprendre ce qui cloche, ce qui m'arrive. Malheureusement pour moi, impossible d'y parvenir. Malika me pousse sur la causeuse, et s'assied à mes côtés. Je dépose la bouteille sur la table basse.

— Tu semblais mal au téléphone tout à l'heure. Tu veux m'en parler, propose-t-elle gentiment.

— Je...

Incapable d'en dire plus, je souffle. Je ne sais pas ce qui m'arrive, mais ma vision se floute et la pièce tangue.

— Qu'est-ce qui m'arrive ? balbutié-je avec difficulté.

— Je ne sais pas. Tu es peut-être fatigué.

Ma tête pivote vers Malika. Elle pose sa main sur ma joue et me caresse doucement. Je tente de la repousser, mais mes membres ne semblent pas vouloir coopérer. Sans que je m'en rende compte, Malika se hisse sur mes cuisses et plaque sa bouche contre la mienne. Je tente de l'écarter, mais elle s'obstine et retire son haut. D'un geste rapide, elle attrape mes mains et les plaque doucement contre son ventre. J'inspire longuement alors que Malika glisse sa main entre nos entre-jambes et caresse ma queue. Cette vue, ses gestes me répugnent, elle me donne envie de vomir.

— Ça suffit ! Arrête ! J'aime ma femme !

Je réussis à l'enlever de moi et tente de me lever, mais je tombe au sol. Mes jambes ne me supportent plus et je perds connaissance.

J'ouvre un œil, puis le deuxième et, là, mon cerveau disjoncte. Je ne comprends plus où je suis, et encore moins ce que j'ai fait. Ma tête est lourde et, lorsque je tente de la décoller de l'oreiller, elle me hurle de ne pas bouger. La pièce est plongée dans le noir et la seule chose qui m'amène à croire que je ne suis pas chez moi est l'odeur des draps.

Ils ne sentent pas comme à la maison, ce n'est pas la lessive que Lacey utilise habituellement.

Avec beaucoup de difficulté, je parviens à m'asseoir sur le rebord du matelas. Grâce au rayon de la lune, je vois qu'à côté du lit, il y a une table de chevet ainsi qu'une lampe. D'une main molle, je l'allume et ce que je vois dans la pièce me dégoûte. Je ne sais pas ce que j'ai fait, mais il y a des bouteilles vides partout et je suis carrément nu. C'est cette dernière constatation qui me fait le plus peur. Mes vêtements sont éparpillés un peu partout à travers ceux d'une femme.

Paniqué, je me lève et me saisis de mon boxer et de mon jeans. Par terre, un préservatif me fait sursauter. J'ai l'impression d'avoir été transporté dans une putain de dimension parallèle. J'enfile mes fringues, vérifie que mon téléphone est dans mes poches. Il indique 4 h 21 du matin et vingt-six messages de Lacey, trois de Mick, quinze d'Aaren et tout autant de ma mère. Mon absence leur a fait peur et je dois avouer que je suis effrayé de les lire. Il est impossible que j'aie pu coucher avec une autre femme. J'aurais des souvenirs de ce qui s'est passé alors que, là, c'est le trou noir. Je sors de cet appartement maudit dans le but de rentrer et faire le ménage dans mes pensées.

Une fois dans ma voiture, la question qui me hante est : qu'est-ce que j'ai fait hier ? La tête appuyée contre le volant, je sursaute lorsque mon téléphone sonne. Je fixe l'écran et le nom de Lacey sans savoir ce que je dois faire. Dois-je lui répondre ? Je décide de rentrer, car je ne sais pas quoi faire d'autre.

Tout le temps que dure le trajet, je ne me demande pas ce que je vais lui raconter pour me sortir de ce pétrin, mais je tente plutôt de rassembler mes souvenirs. Outre la tentative d'embrassade de Malika, je n'en ai pas d'autres. Il est impossible que je lui mente ou que j'invente une histoire.

En garant la voiture dans l'allée de ma maison, je vois bien que personne ne dort et que toutes les lampes sont allumées. Mon cœur bat la chamade, car une fatalité vient de me frapper en pleine figure, jamais Lacey ne me croira.

À peine ai-je le temps de sortir de ma caisse que la porte s'ouvre et Lacey sort en courant en criant mon prénom. Mon cœur se serre en voyant son doux visage couvert de larmes. J'ouvre les bras et elle s'y jette en pleurant. Son corps contre le mien est chaud et réconfortant. Elle prononce des paroles que je ne comprends pas et qui dans une autre situation me feraient rire.

— Où étais-tu, putain de merde ? hurle-t-elle.

— Je… Je…

Je n'arrive pas à lui expliquer que je ne sais pas ce qui s'est passé. Comment puis-je être crédible en ne sachant pas ce que j'ai fait ? Il est difficile de lui dire : *écoute, ma chérie, je ne sais pas. J'ai perdu la mémoire et…* non, je ne peux pas faire cela.

— Je… j'avais besoin d'air…

— Je sais que tu n'approuves pas que je pardonne à Bella, mais ne t'en va plus aussi longtemps sans me prévenir, sans me répondre. La prochaine fois, donne-moi de tes nouvelles.

— Il n'y aura pas de prochaine fois, murmuré-je en l'attirant contre moi.

Cette femme a tellement foi en moi qu'elle ne peut pas imaginer que j'ai pu faire un truc lamentable. Pendant des heures, elle s'est inquiétée pour moi et croit simplement que je suis parti, car j'étais en colère contre elle. En ce moment, je me sens lamentable comme jamais. Est-ce que ça se pourrait que j'aie picolé hier et couché avec Malika ? J'ai de gros doutes, car je ne me sens pas comme si j'avais bu de l'alcool. Déjà, j'aurais une haleine de chacal en ce moment.

— Tu me dis où tu étais et ce que tu as fait ? demande-t-elle en ancrant son regard dans le mien.

Elle glisse ses doigts entre les miens et m'entraîne vers l'escalier. Je ne me sens pas prêt à voir ma famille et devoir répondre à leurs questions. Je secoue la tête, mais Lacey ne se laisse pas démonter et s'assied sur la première marche de l'escalier. D'un geste de la tête, elle me demande de prendre place à ses côtés, chose que je fais sans dire un mot.

— Je vais être franc avec toi, j'ai eu envie de boire, commencé-je.

La main de Lacey serre la mienne avec force. Je me doute que c'était une de ses peurs et m'entendre dire cela à voix haute est un stress énorme pour elle.

— J'étais garé devant un bar miteux, car j'étais persuadé que les paparazzis ne m'y retrouveraient pas. Longtemps, j'ai tergiversé. Je tentais de me convaincre qu'un verre, ça ne me ferait pas de mal.

— Oh ! James !

— Je n'ai pas bu. J'ai reçu un texto d'une participante aux rencontres des alcooliques anonymes.

— La femme qui t'écrivait il y a deux jours ?

J'acquiesce d'un signe de la tête. La déception dans sa voix est pire qu'un couteau en plein cœur. Si je n'étais pas si lâche et lamentable, je lui raconterais tout.

— Je suis allé chez elle pour discuter et on a bu un café ensemble. Ensuite, j'ai pris ma voiture et j'ai roulé, je me suis arrêté dans une station d'essence en bordure de San Clemente. Je suis allé sur la plage et je me suis endormi.

Le silence fait rage entre nous. Je ne sais pas pour elle, mais, pour moi, il est pesant et douloureux. Ça me fait mal de lui mentir, mais je ne sais pas quoi faire d'autre. J'inspire, avant de reprendre la parole.

— Mon téléphone était sur silencieux, je n'ai pas entendu vos appels et vos messages.

— Tu aurais, quand même, pu nous appeler quand tu les as vus.

— C'est vrai…

— Ne m'en veux pas pour Arabella. Je… Je… Elle était si mal que je n'ai pas pu… Elle adore notre fille.

— Je ne lui en veux pas et je comprends ton point de vue, ma chérie.

— J'ai eu si peur, ta mère et ton frère aussi. Puis, l'inspecteur est passé, il aurait aimé te parler. Ils ont une photo de la personne qui a envoyé la dernière lettre. Il m'en a donné une copie. L'inspecteur reviendra demain.

— Rentrons ! Je vais embrasser maman, foutre Aaren à la porte et tu me montreras ça avant qu'on aille dormir.

— Ils étaient tous très inquiets pour toi, même Mick.

— Tu as pu lui parler pour Tommy ?

— Ouais, il dit qu'il est passé le voir pour lui parler de l'idée d'utiliser le kidnapping de notre fille pour promouvoir notre single, mais qu'il lui a interdit de nous approcher pour nous parler de ça.

— Et tu le crois ? demandé-je, épuisé.

— Totalement.

La culpabilité, ça te prend aux tripes et te fait sentir comme la personne la plus mauvaise ou détestable. C'est aussi une piqûre de rappel de ce que tu peux faire de mauvais et te le remettre au visage. Lacey pose sa tête contre mon épaule. Instinctivement, je lâche sa main et passe mon bras autour de sa taille.

— Je t'aime tellement, James.

En entendant ces mots, une boule se forme dans ma gorge et j'ai l'impression que je vais défaillir. J'inspire longuement avant de lui dire qu'elle est la personne la plus importante de ma vie.

— Entrons, je suis fatiguée et ta maman a hâte de te voir pour s'assurer que tu vas bien.

Dans la maison, je trouve ma mère et Aaren au salon. Tout de suite, maman se lève et vient me serre dans ses bras. Il est évident que tout cela l'a énormément stressée. J'aurais aimé qu'elle ne vive pas cette anxiété.

— Tu vas bien ? demande-t-elle.

— Oui, maintenant, ça va, soufflé-je.

Pendant quelques secondes, elle me fixe. Une maman reste une maman, et la mienne sait toujours quand je lui mens. J'espère que ses dons de clairvoyance ne font pas effet sur moi en ce moment.

— Je suis fatigué et Lacey aussi, commencé-je.

— T'étais où ? s'écrie Aaren, visiblement furieux.

Je ne comprends pas bien son état et n'ai pas tellement envie de me disputer avec mon frère. Déjà que j'ai dû mentir à Lacey, je n'ai pas envie de raconter des bobards à Aaren par-dessus le marché.

— Je me suis baladé en voiture. Je suis allé jusqu'à San Clemente et me suis endormi sur la plage. Maintenant, Lacey et moi allons dormir.

— Pour un mec qui a dormi, ce n'est pas un peu louche que tu sois encore fatigué ?

— Qu'est-ce que tu veux que je te dise, Aaren ? J'ai envie de passer du temps avec ma femme, mais t'es là à poser mille questions. Je sais que je n'ai pas bien agi, mais tout ce que je désire, c'est de me blottir contre ma femme et prier pour que ma fille revienne.

Le regard de mon frère se radoucit, je n'avais pas l'intention de lui hurler dessus ou d'être dur avec lui. Je sais que lui aussi s'est fait un sang d'encre pour moi.

— Il est tard, si tu veux, tu peux dormir dans la chambre au sous-sol ou sur le canapé.

Aaren acquiesce d'un signe de la tête.

— J'aimerais vraiment que tu restes, frangin, ajouté-je.

— Ouais, je vais dormir au sous-sol. Merci de proposer.

Lacey m'entraîne vers notre chambre en silence. Une fois la porte refermée derrière nous, je l'attire contre moi et fonds en larmes. Je craque. Les nerfs me lâchent et, tranquillement, elle me caresse le dos.

13

Lacey

Assise à l'îlot, je rumine et réfléchis. Un truc me dérange et je n'arrive pas à dire ce que c'est. James a eu un mal de chien à s'endormir. Il n'arrêtait pas de tourner sur lui-même et, quand je lui demandais ce qui lui arrivait, il me disait de ne pas m'inquiéter, qu'il pensait à Zélie, à ce qu'elle faisait, si elle dormait bien. En somme, c'est une chose totalement normale, mais un truc ne colle pas dans tout cela. Je connais très bien James, mais j'ai l'impression qu'il est déconnecté de lui-même et je ne sais pas comment l'aider. En même temps, je dois me battre contre tous les événements complètement fous qui nous arrivent en ce moment. Mes forces s'amenuisent d'heure en heure, de minute en minute, de seconde en seconde et je ne sais plus si bientôt je serai en mesure de continuer à me battre.

En fait, ça m'effraie, cette sensation d'épuisement et de fatigue qui s'insinue dans mon corps et mon esprit. Ça me donne l'impression d'être une mauvaise mère. N'importe quelle maman normale se battrait bec et ongles pour retrouver son enfant alors que, moi, j'ai simplement l'impression de stagner et de me faire percuter de plein fouet par tout cela sans réussir à faire une chose valable pour sauver Zélie. J'aurais dû ne rien dire pour la rançon et plutôt payer la somme demandée pour retrouver notre fille. Quand bien même il y avait des chances que je perde cet argent, je donnerais tout ce que j'ai pour la ravoir près de moi. Son rire me manque, sa façon de dire je t'aime, son sourire, mais aussi son insouciance. J'ai l'impression que chaque seconde loin d'elle me tue un petit peu plus.

Épuisée par les souvenirs et tergiversions mentales que j'ai depuis le réveil, je descends de mon tabouret et ouvre la porte du frigo pour contempler le vide. J'avais prévu de faire le petit déjeuner pour tout le monde, mais nous n'avons plus rien. Je n'ai pas le moral ni la force pour me coltiner cela toute seule et je ne veux pas le demander à Sarah. Elle en fait suffisamment ainsi.

Du bruit en provenance du sous-sol attire mon attention. Je patiente quelques secondes, espérant qu'Aaren monte pour boire un café, peut-être qu'il voudra m'accompagner pour aller faire des courses. Malheureusement, il reste en bas. Je ne veux pas déranger James pour ça, je préfère qu'il se repose. Constatant que je m'inquiète pour des conneries, une boule de culpabilité se forme dans mon ventre. Instinctivement, je pose la main à l'endroit où naît ce monstre qui me ronge de l'intérieur. Un petit être grandit à côté et j'aimerais tellement pouvoir me réjouir de cette nouvelle, mais je n'y arrive pas. Ma respiration s'accélère, mon pouls aussi, et une douleur se nourrissant de tous ces putains de sentiments nocifs qui font rage en moi me terrasse. Je me saisis d'une bouteille d'eau dans le frigo et en avale une gorgée. Contre toute attente, le liquide qui coule dans ma gorge me fait du bien. À nouveau, du bruit en provenance du sous-sol attire mon attention. Curieuse, mais surtout désireuse de parler avec quelqu'un, je descends l'escalier sur la pointe des orteils. S'il s'est simplement levé pour aller à la salle de bains, je ne veux pas le déranger, mais je trouve la porte du studio entrouverte. Du plat de la main, je la pousse et le trouve en train de gratter une des guitares de James. Pendant un petit moment, je le regarde jouer une mélodie acoustique, puis, sentant ma présence dans l'embrasure de la porte, il relève la tête et me sourit.

— Tu ne dors plus ? demande-t-il.

— Non, je… ma tête est trop pleine.

Pendant de longues secondes, son regard me scrute comme s'il cherchait quelque chose que je ne saisis pas. Aaren a toujours été le plus énigmatique des deux frères Combs. Bien qu'il soit toujours là pour tout le monde, il y a un truc que je ne comprends pas chez lui. En fait, c'est un peu comme si les regrets qui pesaient sur ses épaules lui donnaient trop de sérieux, trop de remords et qu'il était impossible pour lui de vivre avec ça. Malgré tout, il est probablement l'être le plus dévoué que je connaisse. Il est là à chaque moment pour James et moi, encore plus pour son frère.

— Comment tu fais pour être aussi forte ? Ce n'est pas mon enfant, mais je suis carrément déboussolé. Je… Comment tu fais ?

— Je ne le suis pas tant que ça, Aaren. J'aimerais faire bonne figure, mais je n'y arrive presque plus. Tout s'écroule autour de moi…

— Cette sensation est normale, je suppose.

— Je présume, mais c'est difficile, je dois me battre de toutes mes forces pour ne pas tomber dans la négativité ou la peur. Qu'est-ce que je ferais s'il arrivait quelque chose de mal à Zélie ? À James… je… il…

Je me tais, car je ne sais pas si je peux faire part à Aaren de mes inquiétudes envers son frangin. Qu'est-ce qu'il a fait hier ? Pourquoi est-il parti aussi longtemps ? Si, à son retour, ses explications me semblaient cohérentes, maintenant, elles sont carrément dénuées de sens. Ce n'est pas que je doute de lui, mais un truc me dérange et je ne peux pas mettre le doigt dessus.

— Dis-moi qu'il n'y a pas que moi qui l'ai trouvé bizarre hier, commence Aaren.

— Je... Il est perdu sans Zélie. Elle est toute sa vie.

Il acquiesce d'un signe de la tête et se remet à gratter les cordes de la guitare. Comme son frère, quand il joue de la musique, je suis toujours subjuguée par le talent des frères Combs. J'aimerais tellement qu'ils refassent un album ensemble, mais souvent James préfère se concentrer sur sa famille, nos chansons ou encore les siennes. Il délaisse un peu son frère qui en souffre.

— T'as pas envie de m'accompagner à la voix ? Ça te changerait peut-être les idées, propose-t-il. En tout cas, moi, ça me fait un bien fou.

J'hésite quelques secondes, puis vais m'asseoir à côté de lui. Ce n'est pas que je n'en ai pas envie, mais j'ai la sensation de ne pas pouvoir faire quelque chose qui me remonte le moral tant que ma fille ne sera pas retrouvée. Ça ne fait que quelques jours et, pourtant, j'ai l'impression qu'une éternité s'est déroulée depuis son dernier câlin. Je me mords la lèvre pour l'empêcher de trembler, mais c'est difficile, car l'envie de pleurer se fait de plus en plus présente.

— Tu n'es pas obligé, Lacey. Je ne veux pas t'obliger.

— Essayons, lancé-je, émotive.

— Si tu trouves cela trop difficile, n'hésite pas à me le dire.

— Ouais ! Tu peux rejouer la mélodie de tout à l'heure. Je crois que j'ai des paroles qui pourraient bien y coller.

Je saisis mon cahier de chanson sur le bureau et prends place à côté de mon beau-frère. Je le feuillette d'une main tremblotante jusqu'à trouver les paroles que je cherche. Aaren recommence à jouer et, moi, je chante. D'abord doucement, puis avec plus de conviction.

La mer s'est agitée et parfois, j'ai eu l'impression de me noyer.
J'ai tenté d'appliquer tes conseils pour garder la tête hors de l'eau.
Je pense que tu t'es, toi aussi, perdu en chemin.
Les complications de la vie sont difficiles à encaisser.

Tu ne peux pas dire que je n'ai pas essayé.
Essayer de survivre sans toi.
Essayer de vivre avec toi.
Tu me répétais sans cesse qu'on ne peut pas changer la façon dont on ressent les choses.

Je me suis battue, perdue dans les tumultes de mes espérances.
Et j'entends encore ta voix qui murmure : je n'ai vu que toi.
Je ne vois que toi.
Et de toutes les batailles, celle où je te perds est la plus difficile à encaisser.

Et tu ne peux pas me dire que ce n'est pas réel, car ça l'est.
Et tu ne peux pas m'expliquer que c'est pour le mieux, car ça ne l'est pas.
Et je t'en prie, regarde-moi (une dernière fois)
Car ton regard, c'est tout ce qu'il me reste.

Tu ne peux pas dire que je n'ai pas essayé.
Essayer de survivre sans toi.
Essayer de vivre avec toi.
Tu me répétais sans cesse qu'on ne peut pas changer la façon dont on ressent les choses.

Et, c'est tout ce qu'il me reste.
Des souvenirs éphémères de toi et moi...

Quand nous terminons la chanson, je me sens bien et mal. C'est un sentiment inexplicable. La musique m'a toujours rendue heureuse, mais il me manque une partie de ma vie. J'ai survécu à la mort de Christa, Liam et Cam, mais je ne crois pas que je pourrais vivre sans ma fille.

— Je vous dérange ? s'écrie une voix depuis l'embrasure de la porte.

Je lève les yeux vers l'homme que j'aime pour découvrir son visage déformé par la colère, la tristesse et l'incompréhension. Je ne comprends pas ce qui lui arrive et un poids se forme sur mon estomac. Mon cœur se met à battre à toute allure dans ma poitrine. Les jambes molles, je me lève et m'avance vers lui.

— James ! Je...

— Est-ce que ça te dérange que je chante avec Lacey ? demande Aaren en me coupant la parole.

— Non, ce qui m'irrite, c'est que vous vous amusiez pendant que ma fille est Dieu sait où !

— James ! commencé-je sans grande fermeté.

— Comment arrives-tu à avoir une vie normale alors que Zélie est je ne sais où ? me reproche-t-il.

La consternation fait rage en moi. Ma bouche s'ouvre et se referme à plusieurs reprises avant que je ne puisse prononcer un seul mot. Je fixe cet homme qui vient de me balancer des paroles injustes et, surtout, blessantes au visage. Comment peut-il dire ce genre de chose ?

— James... Je sais que tu es au bout du rouleau, mais je te prierais de bien choisir tes mots lorsque tu parles. Tes paroles me font mal.

— Moi, c'est que tu puisses vivre ta vie tranquillement tandis que Zélie souffre probablement.

— Ce n'était qu'une chanson ! Je deviens folle ici à ne rien faire. Tu ne peux pas m'en vouloir pour ça.

De longues secondes s'écoulent où James et moi nous fixons en chiens de faïence. Je ne comprends pas comment nous en sommes arrivés là, mais j'ai l'impression qu'il me déteste et c'est une des pires douleurs de ma vie. J'inspire longuement pour trouver un truc à dire qui allégerait la tension entre nous, mais je n'y arrive pas. La seule pensée qui me vient en tête est que je suis en train de le perdre. Ma main se lève et se pose sur son torse dans l'espoir qu'il se calme, mais ce toucher ne fait qu'augmenter sa colère à mon égard. Sans dire un mot, James recule d'un pas et tourne les talons. Il monte l'escalier au pas de course et le bruit de la porte qui claque parvient jusqu'à nous.

Attristée par le comportement injuste de l'homme que j'aime, je me retourne vers Aaren, qui m'ouvre les bras. Tout de suite, je m'avance vers lui et le laisse me réconforter. Il caresse doucement mon dos et mes cheveux alors que je pleure toutes les larmes de mon corps contre son torse.

— Il est perdu et tu sais comment il est dans ces moments, tout ce mélange dans sa tête et il perd la connexion avec la réalité. Là, c'est ce qu'il est en train de se passer. Laisse-lui un peu de temps. Il va se calmer.

J'acquiesce d'un signe de la tête.

— Je me sens faible, je vais aller m'étendre un peu, annoncé-je d'une voix morte.

Aaren répond un truc que je ne comprends pas, mais je n'ai pas envie de lui demander de répéter. Je monte à l'étage et file dans ma chambre sans faire de détour. Peut-être que je devrais courir derrière James, lui dire que je l'aime et qu'on doit absolument régler cela ensemble, mais je n'ai pas la force pour un nouvel affrontement. Qu'est-ce que j'aimerais qu'on fasse front ensemble ! Ses réactions me laissent sans voix.

Épuisée, je m'assieds sur le rebord du lit et aperçois le téléphone de James sur la table de chevet. L'écran annonce deux messages non lus. Rongée par la curiosité, je déverrouille son smartphone. C'est une chose que je ne ferais pas en temps normal, car j'ai confiance en lui, mais compte tenu de la situation... Cette pensée me bloque et m'horrifie à la fois. Je suis en train de violer l'intimité de James simplement parce que je souhaite mettre des mots sur ses réactions ou parce que j'ai peur qu'il y ait autre chose ? Cette prise de conscience est comme une douche froide et me fait trembler.

Son téléphone sonne et le prénom de Malika apparaît sur l'écran. La jalousie me prend de court et me tord les entrailles. Comme si j'avais besoin de cela ! Je vis des choses suffisamment difficiles sans qu'en plus, je doute de la fidélité de James. La sonnerie s'arrête enfin et je suis heureuse de ne pas avoir répondu. Je dépose le téléphone à sa place, mais il sonne de nouveau. Prise d'une colère incontrôlable, je réponds.

— Allô ?

— Oh ! Désolée, j'ai dû me tromper de numéro ! s'écrie une voix féminine à l'autre bout du fil.

— Tout dépend à qui tu souhaites parler…

Je laisse ma phrase en suspens et patiente, mais le silence emplit le combiné.

— Alors ? insisté-je.

— Je suis une amie de James. Nous nous sommes rencontrés il y a peu et…

— Ouais ? Et ?

— J'aurais aimé lui parler. C'est assez important ! persiste-t-elle.

— James est occupé en ce moment. Je lui transmettrai ton message.

— Attends, Lacey ! Je suis désolée pour hier…

Ma bouche s'ouvre, mais aucun son n'en sort. La tonalité fait rage sans que je puisse réagir. Qu'est-ce que ça veut dire ? Est-ce que ça veut dire que James n'était pas à l'endroit qu'il m'a dit à son retour ? Est-ce qu'il m'a menti ? Et la pire question, suis-je étonnée ? Oui, car ce n'est pas lui de faire ce genre de connerie. Non, car il me semblait suspect. Je ne sais plus quoi penser. Je raccroche, repose le téléphone sur la table de chevet et me glisse sous les couvertures en tournant le dos à la porte. Instinctivement, mais surtout à la recherche de réconfort, ma main se pose sur mon ventre.

Après une dizaine de minutes, je ressens une présence dans la pièce, tout mon corps se bloque. Je reconnais le parfum de James, mais je ne bouge pas et lui ne me parle pas. Il repart sans un mot. Lorsque je suis certaine qu'il n'est plus dans la pièce, je roule sur le dos et vois que son téléphone n'est plus là et que ce n'était pas pour s'assurer que j'allais bien, mais plutôt pour le récupérer qu'il est entré dans la pièce. Cette constatation est si douloureuse que j'ai l'impression que je vais perdre connaissance.

D'une démarche mal assurée, je me lève, et sors de la pièce pour aller boire de l'eau. Dans la cuisine, je me dirige vers le frigo pour prendre une bouteille.

— Tu ne fais plus semblant de dormir, m'accuse James dans mon dos.

Piquée, je me retourne et lui fais face. La colère est encore visible sur son beau visage.

— Tu es bien mal placé pour m'accuser de faire semblant, lui reproché-je.

— Qu'est-ce que tu veux dire ?

— Rien ! J'en ai juste marre de ne plus avoir accès à ta vie, à tes sentiments. On devrait vivre cela ensemble, pas un contre l'autre.

— On ne devrait pas vivre ça, putain ! Qu'est-ce que tu veux que je te dise ? Je ne suis pas bien ! Ma fille me manque, alors cesse de me casser les couilles avec tes conneries, explose-t-il.

Ses mots sont blessants, mais c'est surtout la façon avec laquelle il me les crache à la figure qui me fait mal.

— Mes conneries ? T'es sérieux ? Si t'en as marre de moi, t'as qu'a rappelé la petite conne avec qui tu étais hier soir ! Elle t'a appelée et elle souhaiterait bien que tu la recontactes. Tant qu'à faire, ramasse tes choses et fous le camp !

— Tu me mets à la porte de chez moi ? C'est ça ? T'es sérieuse, là ?

— Fais ce que tu veux. Si tu souhaites rester, c'est moi qui partirai.

— Pourquoi tu ne me crois jamais, putain ? Je ne t'ai pas trompée. C'est tellement plus facile de me donner le mauvais rôle dans cette histoire plutôt que d'affronter nos problèmes.

Son ton de voix a changé, il est maintenant effrayé.

— Jure-moi qu'hier tu ne m'as pas menti, James ! Jure-le-moi !

Un temps interminable s'écoule avant qu'il ne prenne la parole.

— Je ne peux pas…

Quatre mots qui sont comme quatre coups de poignard dans mon ventre. Une douleur physique me terrasse. Mon corps se plie en deux alors que je porte mes mains à mon bébé. La voix de James parvient jusqu'à moi de façon floue et incohérente. J'ai l'impression que ma vie me glisse entre les doigts. De gros points noirs dansent devant mes yeux et je m'écroule au sol.

14

James

Je regarde Lacey dans le petit lit d'hôpital où elle se repose depuis son arrivée. Elle me semble si petite, si fragile et c'est seulement maintenant que ça me frappe. La façon dont je me suis conduit est tellement injuste qu'on pourrait me décerner le titre de crétin de l'année. Elle ne voulait que me faire comprendre qu'elle n'allait pas bien et que l'on devait absolument se souder pour passer à travers cette épreuve. Elle a raison et j'ai tort.

Le docteur des urgences m'a expliqué ce que n'était rien de grave en soi et qu'il n'y avait pas matière à s'inquiéter, mais que ma femme devait se reposer et éviter le stress le plus possible. Compte tenu de la situation dans laquelle nous nous trouvons, il est un peu difficile d'être totalement serein. C'est pour cette raison qu'il souhaite garder Lacey en observation pour quarante-huit heures et s'assurer qu'elle puisse reprendre des forces avant de rentrer. En lui faisant des analyses sanguines, ils ont aussi découvert qu'elle faisait de l'hypoglycémie. Sa tension artérielle est aussi très élevée, ce qui a causé son évanouissement. Heureusement, elle et le bébé n'ont rien de grave. Il est vrai que je n'ai pas porté une attention particulière à elle, à ce qu'elle a mangé dernièrement ni même à ce qu'elle a fait. Je me suis surtout concentré sur notre fille et j'ai fait des conneries, de très grosses conneries que, probablement, elle ne me pardonnera jamais.

Une personne entre dans la chambre, je relève la tête et croise le regard de ma mère. Elle me tend un grand café et s'assied sur la deuxième chaise de service. Pendant un moment, elle fixe Lacey, puis ses yeux dévient et viennent se poser sur moi. Tout de suite, je sais qu'elle va me sermonner et tenter de comprendre ce qu'il se passe dans ma tête.

— Cette fille t'aime plus que tout au monde, James. J'ai rarement vu un amour aussi fort et puissant dans ma vie. Tu as de la chance et tu n'en as même pas conscience.

— Je ne suis pas en état d'entendre des reproches, maman.

— Je me doute bien, mais je vais quand même te dire ce que j'en pense. Tu me connais, j'ai de la difficulté à me taire quand j'ai envie de dire quelque chose.

C'est vrai, maman nous a inculqué l'honnêteté et la franchise. C'est important de dire ce que l'on pense et nos émotions. Expliquer le fond de ma pensée, ça va, je n'ai pas de problème avec ça, mais mes sentiments, j'ai toujours eu du mal. C'est comme si parler de ce qui cloche, de ma sensibilité faisait de moi une personne faible. C'est une chose que Lacey a tout de suite remarquée chez moi, je crois même qu'à une époque, ça lui plaisait. En fait, elle est la seule qui m'a toujours compris au-delà de ma putain d'armure et, moi, j'aimais qu'elle soit la seule à pouvoir voir ce qu'il y a au plus profond de moi.

— La vérité, c'est que je ne sais pas ce qui s'est passé. J'ai de gros trous de mémoire. Je suis allé voir une nana que j'ai rencontrée à une réunion des alcooliques anonymes et, une fois chez elle, je n'ai plus aucun souvenir.

— Est-ce que tu as bu ? demande ma mère avec sérieux.

— Si j'avais bu de l'alcool au point de perdre la connexion avec la réalité, vous vous en seriez aperçus à mon retour. J'aurais eu la gueule de bois, j'aurais senti mauvais et j'aurais été parti beaucoup plus longtemps.

— Ton absence a duré près de dix-huit heures, James. Tu es parti dans la matinée et n'es revenu que dans la nuit très tard.

— Je sais, maman, lancé-je en avalant une gorgée de café brûlant.

Le silence s'imprègne dans la pièce, lourd, pesant, mais surtout, difficile à encaisser. J'ai la sensation que plus j'essaie de comprendre ce qui s'est passé et plus ça me glisse entre les doigts. J'aimerais tant trouver un indice dans ma mémoire. Avant de s'évanouir, Lacey m'a dit que Malika a téléphoné, mais je n'arrive pas à la joindre de nouveau. Elle ne me répond plus.

— Ce n'est pas une période facile, James. Il y a fort à parier que ça vous marquera à jamais, mais vous devez absolument rester soudés. C'est la seule solution pour que vous ne deveniez pas complètement cinglés. Vous avez tout fait en équipe et vous devez continuer, c'est l'unique chose à faire.

J'aimerais lui dire que je sais et que je n'ai pas envie d'en parler, mais de grosses larmes coulent sur mes joues sans que je puisse les empêcher. Rapidement, ma mère tire sa chaise près de la mienne et me serre dans ses bras. Comme un bébé, je pleure, la tête nichée dans le cou de maman. Comme lorsque j'étais un enfant, elle me caresse doucement le dos et les cheveux.

— Est-ce qu'elle me croira si je lui dis que je n'ai aucun souvenir après m'être assis sur le canapé avec Malika, mais que je sais que je n'ai rien fait de mal ?

— Je ne sais pas, James, mais tu lui dois la vérité, car je sais qu'à sa place, tu aimerais être informé de ce genre de chose.

— J'aurais voulu faire le ménage dans mes pensées, mais c'est le chaos absolu.

Lacey bouge dans le lit, me faisant sursauter. D'un geste rapide, j'essuie les larmes qui s'accrochent à mes joues et tourne la tête vers elle. Il m'est impossible de nier l'angoisse et la peur qui ont trouvé refuge sur son magnifique visage que j'aime tant. Un pli d'inquiétude et d'agacement déforme son front. Nerveusement, elle joue avec ses doigts.

— Peut-être que parler de ces fameux événements t'aidera à te souvenir, suggère-t-elle d'une voix faible.

— Je vais vous laisser discuter, annonce ma mère avec un petit sourire.

Elle se lève, m'embrasse sur la tête et fait la même chose avec Lacey avant de quitter la chambre. Je la regarde partir, alors que les yeux de ma femme sont fixés sur moi à la recherche d'indices, d'un mouvement qu'elle pourrait interpréter, décortiquer et comprendre. D'un geste lent, je me redresse et vais m'asseoir sur le lit.

— Je vais d'abord te poser une question, James. J'aimerais que tu me répondes avec franchise, commence-t-elle.

Incapable de parler, j'acquiesce d'un signe de la tête et patiente qu'elle se lance. Sa question est étonnante, surprenante, et même déstabilisante.

— Est-ce que tu m'aimes encore ?

— Quoi ? marmonné-je, incertain qu'elle me demande vraiment cela.

— Je vais le formuler différemment. As-tu toujours des sentiments pour moi ? Je ne te demande pas de m'aimer comme au premier jour, mais m'aimes-tu encore un peu ?

Mon regard s'accroche au sien et il est impossible de les décrocher. Je pourrais sans doute m'offusquer qu'elle ose me demander cela, mais c'est plutôt la détresse dans sa voix qui me perturbe.

— Ce que je ressens pour toi n'a jamais changé ou diminué. Je t'aime, Lacey, et...

— Pourquoi cette froideur et distance entre nous ? J'aimerais comprendre James. J'aimerais tant que tout redevienne comme avant, mais j'ai l'impression que tu me glisses entre les doigts et de ne rien pouvoir faire pour stopper cela.

— C'est la situation qui te donne cette sensation, répliqué-je simplement.

— Pourquoi tu tiens encore à être avec moi ?

— Parce qu'il n'y a pas plus forte que toi en ce moment, Lacey. Tu as cette force qui est, en fait, aussi grande que ton amour. Avec toi, je me sens vivre. Je suis moi-même. Je suis l'homme le plus heureux du monde.

— Pourquoi tu es allé chez cette femme ?

— J'étais paumé. Je ne comprends pas pourquoi on nous a pris notre fille ou encore comment tu peux pardonner à Bella de ne pas avoir été assez attentive et d'avoir permis que quelqu'un l'enlève.

Lacey soupire. Je me doute bien que la discussion ne va pas dans le sens qu'elle souhaite, mais elle doit vraiment entendre ce que je veux dire si on veut régler nos problèmes.

— J'ai vu cela comme une trahison, mais avec qui voulais-tu que j'en parle ? Aaren et Bella ont beau avoir une relation ambiguë, jamais il ne me permettrait de dire qu'elle est responsable de ce qui arrive à Zélie. Je n'avais personne avec qui parler, alors je me suis garé devant un bar minable où les types louches consomment allégrement de la cocaïne directement sur la table. J'avais pour but de me saouler la gueule dans un endroit où personne ne dirait que je suis là.

Lacey me fixe sans un mot et attend que je poursuive mon récit. C'est tellement ce que j'aurais dû lui dire quand je suis rentré plutôt que de lui mentir et d'avoir peur de sa réaction.

— J'y suis resté un moment en bataillant contre moi-même. Au moment où j'allais sortir de ma voiture, j'ai reçu un appel de Malika qui me proposait de boire un café dans un Starbucks près de chez elle. J'ai accepté et elle m'a envoyé l'adresse, mais c'était celle de l'endroit où elle habite. Rapidement, elle m'a offert une bouteille d'eau et de nous asseoir sur le canapé. C'est à ce moment-là que j'ai perdu la carte.

— Comment ça, tu as perdu la carte ? demande-t-elle en reprenant mes mots.

— Je ne sais pas, Lacey, et ça n'a tellement pas de sens que c'est pour cette raison que j'ai cru bon de te mentir hier. Je m'en veux terriblement.

— As-tu... tu sais... avez-vous couché ensemble et c'est pour cela que tu ne veux pas m'en parler ?

— Je ne sais pas. J'ai l'image d'elle qui grimpe sur moi alors que j'essaie de la repousser.

Je sais que mes paroles la blessent, mais je fais ce que j'aurais dû faire hier.

— Tu vas peut-être penser que je délire complètement, mais je me demande si elle ne m'a pas droguée.

Au point où j'en suis, aussi bien tout lui dire ce que j'ai dans la tête pour enfin me décharger de ce poids. Cette constatation amène une vague de culpabilité que je n'avais jamais ressentie. Ne vaut-il pas mieux lui cacher certaines choses pour ne pas la blesser ou être à 100 % honnête ? J'aime Lacey plus que tout au monde et je préfère tout lui dire plutôt que de lui rapporter des vérités étonnées.

— Tu pourrais demander un examen pour vérifier, non ?

— Oui, je pourrais, mais le GHB reste dans le sang et les urines seulement douze heures. On a largement dépassé ce temps. Je sais que c'est une histoire qui ressemble à un mensonge déguisé, mais je te jure sur la tête de nos enfants que je n'ai pas couché avec cette fille.

Pour la première fois depuis le début de la conversation, elle détourne le regard. Ses doigts triturent la couverture. J'aimerais tellement trouver les mots qui feraient qu'elle me croirait, mais je ne peux pas lui en vouloir d'avoir de la difficulté à me faire confiance. Si je ne lui avais pas menti, si je n'étais pas parti, nous n'en serions pas là. Cette pensée m'attriste au plus haut point.

— Lacey, je sais que c'est difficile à accepter pour toi, mais...

— Ce n'est pas que je ne te crois pas, James. Ce qui me peine, c'est que tu as ressenti le besoin de trouver du réconfort dans les bras d'une autre. Je suis peut-être stupide ou même naïve, mais je sais que tu ne m'as pas trompée. Tu n'es pas ce genre d'homme.

Ses paroles me soulagent, Lacey a toujours cru en moi de façon inébranlable et cette constatation est douloureuse parce que si j'avais eu foi en elle, nous n'en serions pas là. Sa main gauche attrape la mienne et elle me tire vers elle. Rapidement, je comprends ce qu'elle veut. Je retire mes converses et m'étends à ses côtés. Ma tête se niche au creux de son cou et nos doigts se nouent tendrement.

— Tu es la meilleure personne en ce monde, Lacey, soufflé-je doucement.

— T'es pas mal non plus, James. J'ai l'impression de ne répéter que ça, mais nous devons rester soudés, sinon notre famille éclatera et je n'ai pas l'intention d'élever tes enfants seule.

— J'aimerais tellement que Zélie soit là. Elle me manque tellement que ça me déchire en deux, avoué-je.

— Je suis dans la même situation. Puis-je te demander ce qui t'a dérangé ce matin lorsque tu as vu que je faisais de la musique avec Aaren ?

Je ne suis pas fier de moi et j'aimerais continuer à clamer que ce n'était que parce que je ne comprenais pas comment elle pouvait poursuivre ses activités tranquillement alors que notre fille est introuvable.

— J'étais jaloux, confessé-je d'une petite voix.

— Mais pourquoi ? J'ai déjà chanté avec Aaren auparavant.

— Ce n'est même pas ça qui m'a dérangé, mais plutôt le fait que tu te tournes vers mon frère pour t'aider à aller mieux. Je suis toujours ton pilier, ton roc et, là, non.

— Maintenant, tu sais ce que je ressens en rapport avec Malika. La différence est que jamais Aaren ne tentera de coucher avec moi.

— S'il fait ça, il est mort, grogné-je.

Mon téléphone sonne dans la poche de mon jeans avant que je ne puisse répondre. Je me redresse et m'en saisis rapidement. Je réponds tout de suite en voyant le nom de l'inspecteur Riviera sur l'écran.

— Bonjour, inspecteur Riviera.

— Bonjour, James. Je vais aller droit au but. Est-il possible pour vous de venir me rencontrer au commissariat. J'aimerais vous poser quelques questions.

— Oui, je peux y être d'ici une heure environ. Ça vous va ?

— Bien entendu.

Il raccroche et je me tourne vers Lacey qui me regarde inquiète.

— Je… Il veut me voir pour me poser des questions.

— Je viens avec toi ! annonce Lacey d'une voix forte.

— Non, ma chérie ! Toi, tu dois absolument te reposer.

— James ! Je tiens à y être.

— Selon les ordres du docteur, tu dois te reposer. Je vais demander à l'inspecteur si nous ne pouvons pas faire ça par vidéoconférence.

Lacey acquiesce d'un signe de la tête et pousse un soupir. Je me penche vers elle et l'embrasse sur la joue.

— Ne t'endors pas et garde ton téléphone près de toi, lancé-je avec un petit sourire.

— Je t'aime, James, souffle-t-elle.

— Moi aussi !

Je quitte la pièce rapidement, car l'envie de reprendre ma place dans le lit avec elle se fait de plus en plus présente et difficile à gérer. Rapidement, j'embarque dans ma caisse et conduis jusqu'au commissariat. Je rencontre l'inspecteur Riviera qui fume à l'extérieur de la bâtisse. Après avoir éteint sa cigarette, il m'entraîne à l'intérieur.

— Asseyez-vous, James, ordonne-t-il en me pointant une des deux chaises de service en cuir brun.

Je m'exécute et le regarde d'un œil critique. Il semble préoccupé et ça m'inquiète.

— Est-ce que tout va bien ? demandé-je.

— J'ai simplement quelques questions à vous poser.

— Ça vous dérange si j'appelle ma femme pour qu'elle assiste par vidéoconférence à l'interrogatoire ?

— Peut-être voudrez-vous connaître la nature de cet entretien d'abord.

Je bafouille un comment difficile à comprendre. L'inspecteur s'assied en face de moi et prend une feuille qu'il me tend. Une image de moi assis sur le canapé de Malika, elle sur moi sans son t-shirt, simplement avec son soutien-gorge, mes mains plaquées sur son ventre rebondi.

— Je... Je... Putain de merde !

— Nous avons reçu cela ce matin. Ç'a été déposé devant notre porte. Les agents ont regardé les vidéos de surveillance et ont découvert que la jeune femme sur la photo est Malika Chavez. Nous croyons aussi que c'est la personne qui a enlevé votre fille.

— Je... C'est une femme que j'ai rencontrée aux alcooliques anonymes. Elle avait une histoire semblable à la mienne et nous avons sympathisé. Hier, elle m'a proposé d'aller prendre un café au Starbucks, mais finalement m'a fait venir chez elle. J'ai l'adresse dans mon téléphone.

— Oui, je vais prendre en note son adresse, mais il me faut aussi plus de détails. Qu'elle est la nature de votre relation ?

— Ce n'est qu'une simple connaissance, répliqué-je, certain qu'il ne me croira pas tant la photo parle d'elle-même.

Je me sens mal pour Lacey. Jamais je n'ai voulu lui faire de mal. Jamais je n'ai voulu la tromper. J'explique à l'inspecteur tout ce qu'il s'est passé hier. Il enregistre l'interrogatoire et prend quelques notes tout au long de mon récit.

— Pourquoi ne pas nous avoir contactés quand vous vous êtes réveillé dans cette chambre ? demande-t-il une fois que j'ai terminé de parler.

— Parce que ça ne me semblait pas important ou relié. Tout ce que je désirais était de retrouver ma famille et parler à Lacey.

— Merci, monsieur Combs, je vous libère et maintenant vous pouvez retrouver votre femme.

— Est-ce que vous allez me tenir informé de votre visite dans cet appartement ?

— Bien entendu.

C'est le cœur lourd et la tête remplie de questions que je regagne ma voiture. Une fois derrière le volant, je ferme les yeux et des flashs-back d'hier me reviennent en tête.

Malika est presque nue sur moi, elle plaque mes mains contre son ventre. Je n'aime pas ça. Je ne veux pas ça. Un bruit sur ma droite attire mon attention, mais elle pose ses mains de chaque côté de mon visage, puis tente de m'embrasser. J'ai l'impression que mon corps est mou et que je ne contrôle plus bien mes gestes. J'inspire longuement alors que Malika glisse sa main entre nos entre-jambes et caresse ma queue.

— Ça suffit ! Arrête ! J'aime ma femme !

D'un geste qui manque de fluidité, je la repousse et tente de fuir, mais je m'écroule au sol. Mes paupières sont lourdes, il m'est difficile de les garder ouvertes.

— Il n'est plus conscient ? demande une voix féminine que je connais, mais que je n'arrive pas à replacer.

— Je crois ! Tu lui en as donné beaucoup, dis-moi ? s'écrie Malika.

— Juste ce qu'il faut, ricane l'autre.

On me traîne avec difficulté jusqu'à une autre pièce et on me retire mes vêtements avant que l'on me hisse laborieusement sur le lit.

— Malika, que fais-tu ?

Ma voix est pâteuse, la deuxième personne fuit en voyant que je suis encore conscient par moments. Malika se penche vers moi pour murmurer contre mon oreille : je n'ai pas le choix !

Sans réfléchir, j'attrape mon téléphone dans la poche de mon jean et passe un premier appel. Il est pour l'inspecteur. Je lui raconte mon flash-back en détail. Je ne sais pas si ça l'aide, mais j'ai l'impression de faire avancer l'enquête. Ensuite, je compose le numéro de Malika et, comme je m'y attendais, elle ne me répond pas.

Je sais ce qui s'est passé hier. Je sais que tu n'es pas toute seule dans cette galère. Je veux retrouver ma fille et je ferai tout pour y parvenir. Je t'en supplie, rends-la-nous sur-le-champ et je m'arrangerai pour que tu n'aies pas d'ennui avec la justice. Rends-nous notre fille.

15

Lacey

Ma mère est assise tout près de mon lit. James a oublié de la prévenir de mon hospitalisation. Tout de suite, elle s'est précipitée à mon chevet pour prendre soin de moi. Encore aujourd'hui, ça me fait tout drôle lorsqu'elle est aux petits oignons pour mon humble personne. Dominic est resté à la maison, mais il m'a appelée pour me témoigner son affection et m'a fait rire en me disant que j'aurai bien assez à faire avec ma mère dans les parages. Elle est donc arrivée les bras chargés de cadeaux, de nourriture et de fleurs. Elle a même acheté une peluche pour le bébé, car, après tout, il a souffert lui aussi et n'aime peut-être pas être hospitalisé.

— Est-ce que tu as besoin que je passe à la maison pour prendre certaines de tes affaires ? demande-t-elle pour meubler la conversation.

— Non, ce n'est pas nécessaire, Sarah s'est chargée de tout.

— J'aimerais être plus utile, j'ai l'impression de ne servir à rien.

— On a tous cette sensation, maman, mais, si jamais tu te sens le cœur charitable, tu peux aller faire les courses pour nous. Le frigo est vide et les armoires aussi.

— Oui ! Dès que je sors d'ici, j'irai, lance-t-elle avec un grand sourire.

— Est-ce que tu veux voir ton petit-fils ? demandé-je.

— Comment sais-tu que c'est un petit gars ?

— On ne peut pas encore le savoir, mais mon instinct de maman me le dit. Ils m'ont fait une échographie tout à l'heure et j'ai pu avoir une photo du bébé.

Ma mère s'assied sur le rebord du lit et se penche vers la petite photo de mon bébé. Du bout du doigt, elle suit les lignes du crâne de Rivers. Elle avait eu la même réaction lorsqu'elle avait vu celle de Zélie.

— Ce petit sera unique, affirme-t-elle avec un sourire. Ça ira si je vais faire les courses tout de suite ?

— Oui, bien entendu. Je vais en profiter pour dormir un peu.

— C'est une très bonne idée !

Elle se lève, m'embrasse sur le front et se dirige vers la porte.

— Maman ? l'interpellé-je. N'oublie pas de dire à James combien ça coûte pour qu'il te rembourse.

Je soupire, car ce n'était pas tout ce que je souhaitais lui dire. Elle hoche de la tête et me sourit. La discussion avec ma mère est toujours difficile, un simple merci de ta présence n'est pas évident. Je me ressaisis avant qu'elle ne sorte de la pièce.

— Merci d'être là ! soufflé-je, la voix nouée par l'émotion.

Surprise, elle se retourne et vient vers moi. Ses bras m'encerclent et elle m'étreint.

— Je serai toujours là pour toi, Lacey, et ce, même si, parfois, je suis carrément à côté de la plaque. Je serai toujours là.

— Merci ! Ton soutien me fait vraiment beaucoup de bien.

Les yeux luisants, elle m'embrasse sur le front avant de partir. Je me cale contre les oreillers trop minces et trop durs en essayant de trouver une position confortable, mais rien n'y fait. J'inspire longuement avant d'abandonner et de tirer la couverture sur moi.

— Ne me dis pas que ce lit n'est pas le summum du confort, ricane Arabella depuis l'embrasure de la porte.

— Tu sais ce que sont les lits dans un hôpital, non ?

— Je t'ai apporté une couverture et un oreiller. Je me suis rappelé qu'après l'accouchement, tu te plaignais toujours de tout, me taquine-t-elle.

— Tu verras quand ce sera ton tour, lancé-je dans un soupir.

Sans un mot, elle dépose ce qu'elle a apporté sur le lit, puis s'assied sur la chaise que ma mère occupait il y a peu. Elle se penche vers moi et soupire.

— Qu'est-ce que tu as ? demandé-je, inquiète.

— Je suis enceinte.

— Comment ?

— Je sais pas. Quand j'ai été hospitalisée, on m'a fait des prises de sang et ils ont découvert que j'étais enceinte de huit semaines.

— Qui est le père ? l'interrogé-je.

— Il n'y a qu'une personne possible, mais je compte bien le lui annoncer d'abord.

Pendant quelques secondes, je fixe mon amie. La situation semble l'effrayer, car son visage n'a plus une once de couleur.

— Est-ce que c'est quelqu'un que je connais ?

Je fais ma curieuse, mais, pour une fois, ça me fait du bien que les questions ne soient pas toutes tournées vers moi. Puis, j'ai envie de savoir tout ce qui se passe dans la vie de ma meilleure amie.

— Je… oui, mais…

Elle se tait. Des voix parviennent jusqu'à nous et, immédiatement, je reconnais celle de mon beau-frère et de Sarah. Tout de suite, elle me fait signe de me taire et je comprends rapidement que le père ne peut qu'être Aaren. Mes yeux s'arrondissent et elle attrape son téléphone dans la poche de son jeans pour se concentrer sur autre chose en la présence d'Aaren et de sa mère.

— Bonjour, Lacey ! Bonjour, Arabella, lance joyeusement Sarah.

— Salut, vous deux ! Vous allez bien ? demandé-je.

— Ouais, mais on s'inquiétait pour toi, ma belle.

— T'es venue ici pour converser avec tes nombreux amants ? accuse Aaren.

La principale visée lève la tête vers mon beau-frère et secoue la tête avant de reposer son téléphone dans son sac à main avec un grand sourire. Je ne suis pas dupe, je sais bien qu'elle n'a pas aimé ce qu'Aaren vient de lui balancer au visage, mais elle a trop de classe pour le lui dire.

— Très drôle ! Si tu t'inquiètes du nombre de mecs avec qui je couche, c'est sans doute que tu dois faire de l'introspection.

Eh non ! Je me suis trompée !

Je fais signe à Sarah de s'asseoir sur le lit avec moi, mais elle fixe Arabella et Aaren en se posant mille questions. Son instinct maternel prend le dessus et elle secoue la tête.

— Qu'est-ce que tu veux dire ? demande Aaren sur un ton dur et froid.

— Je crois que ce n'est pas le moment d'avoir ce genre de conversation.

— Bien entendu ! C'est jamais le temps avec toi, Bella.

— Tu es ici pour voir ta belle-sœur, qui, à cause du stress, a dû être hospitalisée ou pour régler tes comptes avec moi ?

Sans lui répondre, il tourne les talons et quitte la pièce, le visage rouge de colère. Bella se lève en marmonnant un bref *excusez-moi.* Sarah me lance un regard interrogateur, mais je hausse les épaules pour ne pas devoir répondre.

— Comment vas-tu ? demande-t-elle finalement.

— Ça va, mais James me manque. Il a dû partir parce qu'il devait rencontrer l'inspecteur.

— Est-ce que ça roule entre vous ?

Sarah prend la place d'Arabella sur la chaise de service. Elle est visiblement très inquiète, mais j'ai l'impression que tant que Zélie ne sera pas avec nous, ce sera en dents de scie entre lui et moi. J'aimerais que les choses se passent autrement, mais je n'ai pas grand espoir là-dessus.

— Oui, ne t'en fais pas. Nous avons pu nous parler et...

Une ombre dans l'embrasure de la porte me stoppe. Ma tête pivote rapidement et je lâche un cri de surprise en apercevant mon père.

— Qu'est-ce que tu fais ici ? m'écrié-je.

— J'ai appris que tu étais hospitalisé, commence-t-il.

— Et tu viens prendre de mes nouvelles ? demandé-je.

— Pas exactement, mais je vois que tu vas bien et j'en suis heureux.

À quoi ai-je bien pu penser ? Jamais Tommy n'a pris de mes nouvelles ou ne s'est inquiété à mon sujet. Tout ce qui lui a toujours importé est ma carrière et que l'on réussisse. Et même si je le sais parfaitement et pertinemment, ça me blesse toujours autant quand il me lance cela en pleine figure.

— Bon ! Si ce n'est pas pour savoir comment je vais, éclaire ma chandelle et dis-moi ce que tu fais ici.

— Je suis venu t'apporter ce papier.

Il s'avance et me tend une enveloppe de papier brun.

— Qu'est-ce que c'est ?

— Une simple injonction d'éloignement envers ton mari.

— Mais t'es malade ! hurlé-je.

La colère s'empare de moi et me faire trembler.

— Tommy, je crains que ce ne soit pas le temps de discuter de cela avec Lacey. Elle doit se reposer et éviter le stress.

— Je vous prierais de rester en dehors de ça, tonne mon père.

Sarah s'empare de son téléphone et écrit rapidement. J'espère qu'elle n'est pas en train d'envoyer un message à James. Il serait capable de débouler ici et de frapper mon père encore une fois.

— Papa, va-t'en. Tu m'as remis ton putain de papier. Maintenant, dégage de ma vie et ne reviens plus.

J'aimerais que ma voix soit plus dure, plus cruelle, mais c'est impossible, car elle tremble de tristesse.

— Je suis prêt à déchirer cette injonction si tu consens à faire sortir votre single maintenant.

— Non ! Non ! Non ! Jamais je ne ferai une telle chose. Pas tant que ma fille ne sera pas retrouvée saine et sauve. Va-t'en ! Je ne veux plus te voir.

— Réfléchis bien, Lacey !

— Comment peux-tu me demander ça ? N'es-tu pas triste que ta petite-fille se soit fait kidnapper ? Qu'elle ne soit plus avec nous ? Ça te fait donc rien ?

— Tu me connais, Lacey, je t'ai toujours répété qu'il faut toujours tirer avantage de chaque situation. Celle-ci n'y fait pas exception. Bien sûr que je suis triste, mais ça fait quatre ou cinq jours maintenant, ne te fais pas trop d'espoir. Il y a de bonnes chances...

— Sors d'ici ! tonne Aaren dans le dos de mon père.

Souriant de toutes ses dents, il se retourne vers mon beau-frère et le toise avec mépris.

— Tiens ! Aaren Combs ! L'homme qui avait tout pour réussir et qui ne comprend rien au business.

— Je crois que Lacey t'a demandé de partir. Si tu ne le fais pas, j'appelle la sécurité et n'hésiterai pas à te photographier pour envoyer cela aux magazines qui, eux, vont se faire une joie de tirer des conclusions qui ne seront pas si éloignées de la réalité que ça.

— Ça ne se terminera pas comme ça ! aboie mon père.

— Je sais ! Je sais ! Je ne retravaillerai plus jamais dans le milieu, mais je m'en fous. Je préfère rester loin de toute personne comme toi.

Tommy sort de la pièce et pousse Aaren. Ce dernier ne réagit pas, et heureusement, car je ne sais pas si j'aurais pu supporter une confrontation plus violente.

— Merci, Aaren, murmuré-je. Savez-vous où est James ?

— Je vais l'appeler, répond tout de suite Sarah.

— Est-ce que ça va ? me demande Arabella.

— Non, je me sens fatiguée. Je ne comprends pas ce qui m'arrive.

— Je vais chercher l'infirmière.

Elle quitte la pièce tandis que Sarah parle avec James au téléphone et qu'Aaren se saisit de l'oreiller et m'aide à m'installer confortablement. Il pose la couverture sur mon corps. Un infirmier entre dans la chambre avec un appareil permettant de mesurer ma tension artérielle, qui, encore une fois, est trop haute.

— Il faut vous reposer. Maintenant, tout le monde quitte la chambre, ordonne-t-il.

Arabella, Aaren et Sarah quittent à contrecœur la pièce. Le silence emplit la pièce et ça me fait bizarre. Je ferme les yeux quelques secondes, mais je n'arrive pas à dormir. J'ouvre l'enveloppe contenant l'injonction d'éloignement. Furieuse, je la déchire en petits morceaux avant de les lancer dans la poubelle qui se trouve à côté de mon lit.

— On ne doit pas détruire de document dans ce genre, lance la voix de James.

— Je… je suis contente de te voir.

Il s'avance vers moi et s'assied sur le lit. James se penche et presse ses lèvres contre les miennes.

— Tu m'as manqué, mon amour. Alors, l'infirmier a mis tout le monde à la porte ?

— Oui, ma tension est encore trop haute et je ne me sens pas très bien.

— Repose-toi !

— D'abord, raconte-moi le rendez-vous avec l'inspecteur Riviera.

— Je crois que ce serait mieux que tu dormes un peu d'abord.

— James ! grogné-je.

Ma réaction le fait sourire. Il n'en faut pas moins pour qu'il se blottisse contre mon corps. Sa chaleur rassurante me fait un bien incroyable et m'apaise.

— Je me rappelle certaines choses concernant cette visite que j'ai faite à Malika.

Bon sang ! J'ai déjà envie de lui arracher la tête à cette fille et je ne sais même pas ce qu'il va me dire. J'espère sincèrement ne jamais rencontrer cette personne, car je la démolis. James me raconte qu'il croit avoir été drogué et qu'elle a dû mettre quelque chose dans sa bouteille d'eau, car, ensuite, tout est flou. Il m'explique qu'elle l'a embrassé et, à partir de là, je ne peux m'empêcher de pleurer et d'être en colère contre elle, contre lui, contre tout le monde. Il me parle de la photo qui a été prise à ce moment et sûrement par une tierce personne.

— Tu en as parlé à l'inspecteur ? demandé-je la voix triste.

— Oui, il va demander un mandat pour entrer chez Malika et inspecter les lieux. Il a reçu la photo dont je t'ai parlé. Elle était en sa possession. Il voulait me rencontrer pour que je lui explique ce qu'il s'est passé. Je m'en veux tellement de l'avoir fait entrer dans nos vies.

Ses intonations sont emplies de culpabilité. J'inspire longuement avant d'enfoncer mes doigts dans ses cheveux.

— James, ce n'est pas à cause de toi qu'elle est dans nos vies. Les lettres datent d'il y a un moment et, même s'il y en a certaines de ton père, j'ai commencé à en recevoir il y a plusieurs semaines. Cette fille est peut-être dérangée.

— Oui, probablement. Maintenant, repose-toi.

— Reste avec moi, exigé-je.

James ne bouge pas et je finis par m'endormir dans ses bras.

16

Félicia

Nous sommes dans un cul-de-sac. James et Lacey ne réagissent pas autant que je l'aurais pensé. Peut-être ne tiennent-ils pas autant que cela à leur fille. Ça ne m'étonnerait même pas, venant de Lacey. Elle est si froide, si grotesque, si dégoûtante. Heureusement, Zélie tient plus de James que de sa mère.

— Lili ! J'ai faim ! s'écrie la petite.

Je n'aime pas vraiment les enfants, je trouve qu'ils sont une perte de temps, d'argent et d'espace. Cependant, cette gamine est vraiment différente des autres. Elle est attachante et drôle, parfois un peu capricieuse, mais ça doit lui venir de sa mère.

— Qu'est-ce que tu as envie de manger, petit monstre ?

— Des crêpes ! Des crêpes ! scande-t-elle.

— C'était notre repas ce matin, répliqué-je un peu sèchement.

— Veux des crêpes !

Elle boude en croissant les bras sur la poitrine. Putain ! J'ai hâte que Malika rentre et puisse s'occuper de la gamine. J'ai l'impression que c'est moi qui me coltine le plus dur du boulot et qu'elle ne fait que le travail facile.

— Où papa ? Où maman ? se plaint-elle.

— Tes parents ! Je ne sais pas. Ils sont partis en voyage sans toi.

De plus en plus fréquemment, elle les réclame et je ne sais plus quoi inventer pour qu'elle se taise. Au départ, je croyais que ça ne durait qu'une journée et qu'il payerait rapidement ce qu'on demande. Ensuite, on serait parties vivre au Mexique. Aujourd'hui, ça fait cinq jours qu'elle est avec nous et elle me rend complètement dingue.

— Veux papa ! Veux maman !

Sa voix se casse, des larmes emplissent ses yeux et sa lèvre inférieure tremble, signe qu'elle va bientôt éclater en sanglot. C'est pour ça que je n'aime pas les enfants. Ils pleurent autant qu'ils chient.

— Zélie, cesse de faire le bébé et allons préparer des crêpes, suggéré-je pour la calmer.

Rien n'y fait. Elle secoue la tête en hurlant à pleins poumons. Pendant quelques secondes, je la fixe, incrédule, et sans comprendre comment on peut passer de s'amuser à pleurer aussi facilement et rapidement.

— Arrête ! tonné-je.

Mon ordre ne semble même pas l'atteindre ou peut-être qu'elle ne m'entend plus puisqu'elle pleure tellement fort que c'est presque impossible de percevoir d'autre son que ce qui sort de sa bouche. Incapable d'en supporter davantage, je la soulève sous les aisselles, puis l'emmène dans la chambre où elle dort et la dépose sur le lit. Je ressors rapidement en refermant derrière moi. Ses cris augmentent en intensité, elle hurle à s'en casser la voix. Incapable d'en supporter davantage, je m'appuie contre la porte et masse mes tempes.

— Putain ! Qu'est-ce que tu fais ? demande Malika en venant vers moi.

— Elle veut ses parents...

— Ce n'est pas une raison pour la traumatiser. Pauvre enfant !

Malika me pousse, ouvre et se dirige vers le lit. Elle s'assied à côté de Zélie et lui touche le dos.

— Ma puce, c'est moi, murmure-t-elle.

Tout de suite, la fille cesse de pleurer et se lance dans les bras de mon amie. Elle la console en lui caressant le dos et les cheveux. Elle finit par se calmer et Malika la dépose sur le lit avant de se coucher à ses côtés. Je secoue la tête et referme la porte pour les laisser tranquilles. Le salon est un vrai bordel, impossible d'avoir une maison propre avec des enfants. Je ramasse les jouets et les lance dans le coffre.

Une fois la tâche terminée, je m'assieds sur le canapé et me laisse aller à mes souvenirs. J'étais une ado bizarre et peu sûre d'elle quand j'ai connu James. En fait, quand Naomi a ramené James à la maison pour la première fois.

Papa a fait le ménage. L'appartement est propre et un rôti cuit dans le four. Il y a quatre jours, Naomi nous a appelés depuis New York pour nous dire qu'elle dînerait à la maison et qu'elle nous présenterait, par la même occasion, son nouveau mec. De ce que j'ai cru comprendre, il est un des musiciens dans le groupe de musique pour lequel elle travaille. J'ai donc fait une recherche sur internet et il est facile de savoir lequel des frères Combs il est puisque la toile est parsemée de photo d'eux. En fait, c'est le plus beau des deux. J'ai aussi écouté toutes leurs chansons et je suis totalement fan. J'adore. Je suis donc plus qu'impatiente de faire sa connaissance.

— Je suis là ! s'écrie Naomi en entrant dans l'appartement.

Nerveuse, je ne sais plus où me placer. Mon père s'avance vers ma sœur et la prend dans ses bras. Je reste donc en retrait. Pour l'occasion, j'ai fouillé dans le maquillage de ma sœur et j'ai tenté de reproduire ce que j'ai vu sur le net, mais ce n'est pas facile. Je crois m'en être bien sortie.

— Félicia ! Qu'est-ce que tu as fait à ton visage ? demande Nao en riant.

Je me fige et touche mes yeux où j'ai mis de l'ombre à paupières noire. Je voulais un look qui ressemblerait à celui de ma sœur. Humiliée, je fonce vers la salle de bains pour me démaquiller. C'était idiot de vouloir être elle. Quand je reviens au salon, ils sont tous installés et il ne reste qu'une place à côté de James sur le grand canapé. Ses cheveux sont bleu électrique, il a du vernis noir sur les ongles, son jeans troué est orné de patchs de groupes que je ne connais pas. Je n'ai jamais vu personne comme lui auparavant. Il m'intrigue. Naomi raconte à notre père les derniers exploits de James. Ce dernier ne semble pas vouloir se mêler à la conversation.

— Je suis James, murmure-t-il en me tendant une main pour que je la serre.

— Félicia.

Je fixe la main qu'il me présente. Son poignet est orné d'un bracelet clouté et d'une montre noire.

— Enchantée, Félicia !

— Moi aussi.

La tête de ma sœur pivote vers nous et elle plisse les yeux en voyant que je discute avec James.

— Tiens ! Tu as retiré ton maquillage de clown, ricane-t-elle.

— Je... Je...

— Naomi, s'il te plaît ! Je te rappelle que tu n'étais pas la meilleure toi non plus la première fois que tu t'es peinturé le visage. James, est-ce que ça te dit une bonne bière froide ? propose mon père.

— Avec plaisir.

— Suis-moi à la cuisine !

Les deux hommes se lèvent et nous laissent seules. J'adore ma sœur. Elle est même très importante pour moi, mais, parfois, elle sait être très méchante. Je ne lui en tiens pas rigueur et je la comprends. Sa vie n'a pas été facile et elle a dû s'occuper de moi après le départ de maman. Elle a aussi dû changer ses plans pour ses études. Elle a fait beaucoup de sacrifices pour notre famille. Alors j'encaisse en silence.

— C'est vrai que je n'étais pas douée, personne ne l'est la première fois, mais jamais autant que toi.

Sur ces mots, elle se lève et va rejoindre les hommes dans la cuisine. Je reste là, seule et déboussolée par la méchanceté de ma sœur. James, qui revient de la salle de bains, s'assied à côté de moi.

— Tu ne te joins pas à nous ? demande-t-il gentiment.

— Oui, j'ai seulement besoin d'un moment seule.

— N'écoute pas ce qu'elle dit. Tu étais très jolie.

Ma bouche s'ouvre et se referme. Je suis stupéfaite qu'il me trouve belle. Sans un mot, il se lève et rejoint Nao et mon père dans la cuisine. Après ça, Naomie peut bien me dire ce qu'elle veut, je m'en fous. Je me sens forte, différente, mais aussi, magnifique.

James a carrément changé ma façon de me voir et m'a aussi donné confiance en moi. C'est une chose que personne avant lui ne s'était donné la peine de faire. Je suis probablement tombée amoureuse de lui à ce moment-là. Ensuite, j'ai tout fait pour le croiser le plus souvent possible. Il m'obsédait carrément. Tout ce que je souhaitais, c'était le revoir, travailler avec lui pour qu'il se rende compte que je suis la femme qu'il lui faut.

— T'étais obligée de lui faire cela ? s'écrie Malika en me tirant de ma rêverie.

— Quoi ? demandé-je, agacée.

— La faire pleurer ! On ne doit pas lui faire de mal. Elle dort maintenant, mais j'ai dû la calmer.

— Putain ! Fais pas chier, Malika. Cette gamine est une petite chose capricieuse.

— Elle voulait simplement des crêpes ! Elle ne te demandait pas de gravir l'Everest. Simplement de lui faire des crêpes.

— On en a mangé ce midi !

— Parfois, je me demande qui est la plus enfant de vous deux. J'en ai marre de tout cela. On devrait leur rapporter la petite et foutre le camp au Mexique.

— Et tu comptes vivre comment là-bas ? Je te rappelle que tu es en cloque et que tu ne veux pas te faire avorter. Tu as fait des choix. Des choix que tu dois assumer, Mali !

Furieuse, elle croise les bras sur la poitrine et souffle un bon coup. Malika et moi, nous nous sommes connues à New York lorsque j'ai débarqué dans cette ville pour refaire ma vie et oublier James, mais aussi ce que j'ai perdu à cause de sa chérie. Nous travaillions à la même banque comme préposées au comptoir. Nous avons rapidement tissé des liens. Il y a peu de temps, elle m'a avoué être enceinte d'un mec rencontré dans une soirée et ne plus se souvenir de son prénom. Désemparée, elle ne savait pas quoi faire. Nous avons rapidement échafaudé un plan pour faire chanter James, mais Lacey interceptait toujours nos lettres. Alors nous sommes passées à la vitesse supérieure et avons convenu qu'il serait plus judicieux pour nous de leur prendre un truc auquel ils tiennent pour ainsi faire un échange. Cependant, rien ne s'est passé comme prévu. Ils ont appelé la police, qui, elle, fait une enquête et qui a posté une patrouille devant chez James. Cette situation a pris des proportions qui sont maintenant difficiles à gérer. Je peux donc comprendre facilement qu'elle flippe, mais nous ne pouvons pas revenir en arrière.

— J'en ai marre de cette situation, Félicia. On leur ramène la gamine et on fout le camp.

— C'est toi qui as voulu garder ce bébé. C'est toi qui nous as mises dans ce pétrin.

— Non ! Non ! Non ! Tu m'as dit que tu connaissais James et qu'il était facilement manipulable. Tu m'as aussi assuré qu'il payerait sans poser de questions. Je te rappelle que je ne voulais pas kidnapper cette enfant et que c'est toi qui as pris cette décision.

— Pourquoi tu m'as suivie chez cette connasse d'Arabella Velásquez. ?

— Qu'est-ce que tu voulais que je fasse, putain ? Que je te laisse gérer le tout ?

— Ce n'est pas ton genre, je le sais, mais, parfois, il faut prendre certaines décisions. Ce n'est pas pour te rabaisser, mais ce n'est pas un domaine dans lequel tu excelles.

Malika me toise méchamment et se dirige vers la porte pour partir. Je la suis dans l'espoir qu'elle se calme et reste ici, car je n'ai pas envie de m'occuper de la gamine.

— Attends un peu, Mali ! m'écrié-je.

Elle se retourne vers moi et me fait signe de me taire. J'ouvre la bouche pour parler, mais elle s'avance vers moi et plaque sa main contre ma bouche. Je tente de la repousser, mais elle me maintient avec force contre elle.

— La police est dans l'appartement d'en face.

Mes yeux s'arrondissent et je l'écarte de moi pour regarder dans le judas. Trois agents de police, l'inspecteur et le concierge de l'immeuble font face à la porte. Depuis notre appartement, on peut entendre de manière étouffée et un peu sourde leur conversation.

— Je vous ai dit que je n'ai personne dans cet appartement depuis deux mois, marmonne le concierge.

— Nous avons un mandat, vous êtes donc obligé de nous ouvrir, lance l'inspecteur.

Arthur, le concierge, déverrouille la porte et se décale sur le côté pour laisser passer les policiers.

— Vos appartements sont tous meublés ainsi ? demande un des agents.

— Non, ça dépend du nombre de pièces.

Ensuite, nous ne les entendons plus parler, car le concierge ferme derrière lui. Tout de suite, je me retourne vers Malika et l'interroge.

— Tu as bien tout rapporté après le départ de James ?

Elle secoue la tête pour me dire que non. Mes mains tremblent sous l'effet de la colère.

— T'es pas sérieuse, là ! grogné-je.

— Je… J'ai… Putain ! Je ne suis pas ton petit chien pour exécuter chacun de tes ordres, s'écrie-t-elle.

— Baisse d'un ton. Ils sont de l'autre côté de la porte. Tant qu'ils seront là, la petite doit se taire. Ce sera ton travail.

— T'as qu'à le faire !

Malika me tourne le dos, mais je l'agrippe par le bras et la tire vers moi. J'ancre mes yeux dans les siens pour qu'elle comprenne bien mes paroles.

— Je n'ai pas l'intention d'aller en prison pour toi. Donc, tu vas préparer des crêpes à la gamine, tu vas aussi t'occuper d'elle pour qu'on ne parle pas, ne bouge pas, ne respire pas. Si c'est moi qui m'en charge, je pourrais utiliser la force.

Je serre sa peau entre mes doigts. Dans ses yeux, je peux lire que je lui fais mal, mais je m'en fous, car elle doit absolument comprendre que je ne rigole pas et qu'il serait mieux pour elle qu'elle fasse ce que je lui dis sur-le-champ.

— Lâche-moi ! murmure-t-elle.

Je m'exécute et soupire lorsqu'elle s'en va retrouver la gamine dans la chambre. À nouveau, je regarde par le judas de la porte. L'inspecteur et le concierge en sortent pour discuter dans le couloir. Riviera sort du dossier qu'il traîne dans sa main, une image. D'ici, je vois parfaitement ce que c'est, d'autant plus que c'est moi qui l'ai déposée au commissariat. J'admets que ce n'est pas très sympa de ma part, mais, sentant la soupe chaude, j'ai voulu que les soupçons pèsent sur Malika plutôt que sur moi alors j'ai eu cette idée, mais je ne pensais pas qu'ils débarqueraient ici pour la chercher. Je lui avais demandé d'effacer les messages dans le téléphone de James.

Sale petite conne !

Heureusement, ce n'est pas elle qui a rempli le contrat de location, car nous serions totalement dans la merde. À part moi, il ne sait pas que j'ai une colocataire et que nous avons une enfant ici.

17

Lacey

Je suis sortie de l'hôpital un peu plus tôt que prévu. Mon départ était programmé pour demain en début d'après-midi, mais j'en avais marre d'être là-bas. Avec beaucoup de promesses, j'ai pu négocier avec mon docteur. Ma maison, son odeur, les affaires de ma fille et mon lit me manquaient énormément. Être chez soi est la meilleure des sensations. James n'était pas très chaud à l'idée que je rentre, mais je lui ai promis qu'à vingt heures, je serais au lit et qu'on regarderait un film.

C'est difficile de faire des choses de la vie quotidienne sans Zélie, mais je dois absolument manger, dormir et me relaxer. Sinon, ma santé et celle de Rivers vont en pâtir. Je ne veux surtout pas être à nouveau hospitalisée. Heureusement, un vent de positivisme plane sur ma famille et ça fait un bien fou. L'inspecteur Riviera est venu nous voir pour nous expliquer que, dans l'appartement où James a été drogué, ils ont retrouvé assez de preuves pour faire progresser l'enquête. James et moi ne pouvons que nous réjouir.

Quand on s'y attarde un peu et qu'on essaie d'y voir clair, on perd la tête. C'est un peu comme s'il nous manquait une information, car Malika n'a pas de raison d'être reliée à nous. Peut-être qu'on est simplement malchanceux et qu'elle nous a choisis au hasard, mais j'en serais très étonnée puisqu'elle a beaucoup d'informations sur James comme l'endroit où il va aux réunions des alcooliques anonymes. Je me demande ce qu'elle aurait fait s'il n'avait pas ressenti le besoin de s'y rendre.

— Tu sais que tu es la plus belle créature sur terre ! lance James en me tirant de mes pensées.

Sa phrase me fait rire et lever les yeux au ciel. Ça fait du bien de le voir plus léger, plus calme et optimiste. Je n'en pouvais plus de le sentir autant à cran et se refermer sur lui.

— Tu as besoin d'aide ? demandé-je à mon homme.

Il a tenu à préparer le repas. Sa maman dînera avec Aaren et ne rentrera que demain matin. James lui a demandé d'aller chez son autre fils pour que l'on puisse passer du temps ensemble. Sarah a accepté avec plaisir, car elle sait que, James et moi, ce n'est pas au beau fixe avec tout ce qui se passe. Ce qu'elle ne sait pas, c'est que j'ai foi en notre couple et que je sais que nous passerons au travers de tout ça. J'ai confiance en James.

— Non ! Tu te reposes ! Tu te rappelles ce que tu as promis au docteur ?

— Je sais, mais couper des carottes ne me tuera pas.

— C'est vrai, mais tu peux aussi en manger et rester assise sur ton joli petit cul.

— James ! m'écrié-je alors qu'il me lance un bout de légume.

— Je veux juste que tu sois bien, que tu prennes du repos et soin de notre fils.

Il fait le tour de l'îlot et je ne peux pas m'empêcher de pouffer en le voyant affublé de mon tablier fuchsia.

— Tu ris de moi ? demande-t-il avec un grand sourire.

— Et comment !

Il dépose un baiser sur mes lèvres et sa langue glisse dans ma bouche.

— Je t'aime, Lacey, murmure-t-il.

Difficile de ne pas rougir quand il me sort des trucs comme ça. Peu importe le nombre d'années que nous sommes ensemble, je me sens toujours euphorique quand il me parle ainsi. J'inspire longuement et respire son parfum aux notes boisées que j'aime tant.

— Tu sais ce que j'aimerais que l'on fasse lorsque Zélie sera de retour avec nous ? demandé-je.

— Qu'on engage des gardes du corps pour vous surveiller, elle et toi H24 ? répond-il avec le plus grand sérieux.

— Non ! T'es malade ! On va la traumatiser et, moi, je vais devenir folle.

— Qu'est-ce que tu aimerais alors ?

Je sais que, même s'il change de sujet, il envisage réellement d'engager des gardes du corps, mais c'est quelque chose que je refuse totalement. Je ne veux pas en faire une enfant différente des autres et qu'elle se sente à l'écart.

— J'aimerais qu'on aille à Disney avec elle. Je crois qu'elle adorait ça, rencontrer Minnie Mouse. Dis-moi, t'es pas sérieux pour ton idée de gorille qui va nous surveiller ?

— J'adore ! Dès qu'elle est là, on achète les billets et on réserve une chambre dans le plus bel hôtel. Tu peux voyager en avion ? On pourrait aller à Paris.

— Je crois que oui, j'aurai peut-être plus de nausées, mais ce n'est pas grave. Je suis impatiente que l'on soit en famille. James ! Réponds à ma question, s'il te plaît. Tu sais que je déteste lorsque tu fais ça !

Il se retourne vers moi, une cuillère en bois d'une main, un céleri de l'autre.

— Ouais, je suis très sérieux. Je veux qu'il ne vous arrive rien. Vous êtes les personnes les plus importantes de ma vie, et je jure que plus jamais personne ne s'en prendra à une d'entre vous.

— Tu ne trouves pas cela trop extrême ? le questionné-je sur un ton grave.

— Non ! Ce qui l'est, c'est de ne rien faire. Ton père était une célébrité mondiale, tu n'en avais pas ?

— Nous n'étions pas assez importantes pour lui, soufflé-je tristement.

— Je suis désolé, ma chérie. Je n'ai pas pensé avant de poser la question.

— Ce n'est pas grave. Chaque fois que je me dis qu'il ne peut pas me blesser et me faire plus de peine, il arrive à se surpasser. Je ne comprends pas pourquoi, encore à ce jour, et alors qu'il n'a clairement plus rien à prouver à personne, il fait passer la musique avant nous.

James semble chercher les mots justes pour me répondre, mais il ne trouve rien qui pourrait me remonter le moral. Il secoue la tête de gauche à droite et ferme les yeux quelques secondes. Je le connais assez pour dire qu'il cherche à se calmer et ne pas exploser.

— Ton père ne vous mérite pas. Il a toujours fait tout un tas de saloperies dans sa vie et sa carrière. Il est devenu un être égocentrique, carriériste et inadapté socialement. Quand bien même tu l'aimerais de toutes tes forces, rien ne pourra changer ça.

— Est-ce que tu as ressenti avec ton père ?

— Avec le mien, c'est différent. C'est un putain d'alcoolique. Si tu l'avais vu. Sale, puant, dégoûtant, il n'arrivait même pas à tenir debout, mais il est toujours capable de balancer des saloperies en revanche. Nos paternels ne méritent pas que l'on se soucie d'eux. C'est ce qu'on devrait faire, simplement les rayer de nos vies.

— Tu vois, le mien est une tache très tenace.

— T'inquiète pas, bébé. Je trouverais un baril d'acide pour le faire disparaître.

Je ne peux m'empêcher de pouffer de rire, ce qui allège l'atmosphère.

— Bella m'a appris qu'elle était enceinte, lancé-je sans réfléchir.

— Ah oui ! Elle sait qui est le père ? demande-t-il avec une pointe de méchanceté dans la voix.

— James ! le réprimandé-je. Ne sois pas fâché contre elle. Elle s'en veut suffisamment comme ça.

— Je me montrerai plus adulte lorsque Zélie sera avec nous, mais elle devra se faire à l'idée qu'elle ne l'aura plus jamais pour la nuit.

— Putain que tu es têtu et borné ! Je n'ai jamais vu quelqu'un qui le soit autant que toi.

— C'est comme ça que tu m'aimes. Ne le nie pas.

Je lève les yeux au ciel en réprimant une envie de rire. La sonnette d'entrée retentit et je saute de mon tabouret pour aller répondre avant que James m'en empêche. Lorsque j'ouvre, je découvre une jeune femme blonde d'environ vingt-cinq ans. Je ne la connais pas, mais j'espère que ce n'est pas une journaliste.

— Bonjour. Puis-je vous aider ?

— Je suis Malika, souffle-t-elle. Je dois absolument te parler.

Mes yeux s'arrondissent, mon cœur bat la chamade dans ma poitrine et une envie de vomir s'empare de moi. Je suis face à la personne qui a kidnappé ma fille. Comment ose-t-elle se tenir ainsi devant moi ? J'ai envie de la frapper, de la secouer pour l'obliger à me dire où se trouve Zélie. Je me ressaisis à temps, car je ne suis pas en état de me battre ; elle, non plus, si je me fie à son ventre rebondit.

— Tu as du culot de te présenter ici, toi ! hurlé-je. James ! James ! James ! Viens ici !

Au loin, j'entends James jurer. En général, je trouverais ça drôle, mais j'ai une boule dans la gorge.

— Calme-toi, Lacey ! Je suis venue pour vous aider…

Elle laisse sa phrase en suspens et sourit à James par-dessus mon épaule. Pourquoi sourit-elle à mon homme ? Comment ose-t-elle ? Mon envie de lui refaire le portrait est de plus en plus grande.

— J'espère pour toi que ma fille est dans ta voiture.

James se place à mes côtés. Je peux le sentir tendu et nerveux.

— Qu'est-ce que tu fais ici ? tonne-t-il.

— Je suis venue pour vous dire où se trouve Zélie. Est-ce que je peux entrer ?

— Non ! Dis-nous où se trouve notre fille ! exige-t-il.

— Je dois vous raconter pourquoi j'ai fait ça. Ensuite, je vous dirai où elle est.

Je lève la tête vers l'homme que j'aime. Il est évident dans son regard et dans sa gestuelle qu'il n'a aucune intention de la laisser entrer, mais si ça peut nous permettre de retrouver notre fille, je ne dis pas non. Je lui fais signe de nous suivre. James me lance un regard rempli de reproches, mais je m'en fous.

— Je… Nous avons une amie en commun, commence-t-elle une fois que nous sommes dans la cuisine.

— Ah bon ! lâché-je.

— Enfin, James et moi. Je crois que vous connaissez Félicia. Nous nous sommes connues à New York et, jusqu'à il y a deux mois, nous y habitions. Elle était ma coloc, mais aussi ma meilleure amie. Nous avons travaillé ensemble dans une banque.

— Ça ne nous avance à rien tout ça. Où est Zélie ? la coupe James d'un ton agacé.

Malika, qui jusque-là regardait mon homme, tourne les yeux vers moi. Elle voit sans doute qu'avec James elle n'arrivera à rien et n'obtiendra aucune compassion de sa part.

— Avec des amis, nous sommes allés à un de vos concerts. Lili ne voulait pas venir avec nous, mais, à ce moment, je ne savais pas qu'elle vous connaissait. Enfin, une fois le spectacle terminé, nous avons été dans un bar et nous avons bu, puis consommé un peu de MDMA. Rien de bien méchant, mais j'ai couché avec un homme et je suis tombée enceinte. Je ne sais pas qui il est et je ne l'ai jamais revu.

Avec ces simples explications, je commence à comprendre ce qui s'est passé dans sa tête. Elle a dû vouloir faire payer James pour ce qui lui est arrivé. Elle s'est dit que comme nous avions de l'argent, on payerait sans vraiment poser de questions pour étouffer l'affaire. Elle n'a pas dû prévoir que ma confiance en James est inébranlable.

— Quelques semaines plus tard, je m'apercevais que je n'avais pas mes menstruations, j'ai donc passé un test de grossesse. Tout de suite, j'en ai parlé avec ma meilleure amie qui me conseillait de me faire avorter. C'était au-dessus de mes forces. Je ne pouvais pas prendre une vie.

— Et quel est notre lien ? demande James de plus en plus irrité.

— Pour moi aucun, mais Félicia a vu cela comme une occasion de se venger de vous. Je l'ai appris hier. Elle croit avoir tout perdu à cause de toi, Lacey, son contrat de disques, toi, sa réputation… Je me suis laissé embarquer dans cette histoire pour de l'argent. Je ne pouvais pas élever ce gamin toute seule et…

— Maintenant, où est notre fille ? la questionné-je.

— Dans l'appartement en face de celui dans lequel je t'ai donné rendez-vous, nous apprend-elle en se tournant vers James. Maintenant que je vous ai tout dit, je vais partir.

— Je ne crois pas, ma cocotte, lancé-je. Tu vas attendre ici que l'inspecteur arrive.

Des larmes emplissent ses grands yeux dans n'importe quelle circonstance, j'aurais été attendrie par sa peine et sa peur, mais pas en ce moment. James se tourne vers moi. Je sais ce qu'il veut me demander, je ne fais qu'acquiescer d'un signe de la tête. Il me demande la permission pour aller chercher notre bébé. Il arrache le tablier fuchsia et le lance sur l'îlot avant de quitter la maison en courant.

D'un signe de la tête, je fais signe à Malika de s'asseoir et me saisis de mon téléphone pour composer le numéro de l'inspecteur Riviera.

— Je sais ! J'ai tout entendu, je suis tout près de votre maison. James a composé mon numéro et j'ai tout entendu des aveux de Malika. Êtes-vous en sécurité, Lacey ?

— Je crois que oui, mais faites rapidement.

— L'agent de la patrouille va entrer.

La porte d'entrée s'ouvre et le bruit de pas venant vers nous nous fait tourner la tête. Le policier en question s'avance, son arme pointée vers Malika. Surprise, elle lève les mains et de grosses larmes coulent sur ses joues. Elle sait qu'elle ne s'en sortira pas aussi facilement.

— Ranger votre arme, je n'opposerai pas de résistance.

— Madame, levez-vous, les mains bien en vue.

Malika s'exécute. Il s'avance vers elle, serre son arme et la menotte agilement. Il la tire ensuite vers lui au moment où l'inspecteur entre dans la maison.

— Où se trouve votre mari ? demande-t-il en scrutant la pièce.

— Il est parti récupérer notre fille.

— Putain ! jure-t-il. Il va faire capoter l'enquête, la suspecte va s'enfuir.

— Honnêtement, ce qui compte pour nous est de retrouver Zélie, soufflé-je, épuisée.

L'inspecteur en colère tourne les talons et s'en va sans me dire un mot. Pendant environ cinq minutes, je suis seule, assise sur mon tabouret à fixer le vide. La sonnette d'entrée retentit, c'est les jambes lourdes que je me lève pour répondre. Deux policiers se trouvent à l'extérieur et m'annoncent qu'ils sont là pour ma sécurité. Je les fais entrer, mais le stress commence à m'envahir. Ne pas avoir de nouvelles de James ou de Zélie commence à me peser. Quelqu'un entre en coup de vent dans la maison, je me retourne pour trouver Sarah et Aaren.

— James nous a appelés pour qu'on vienne te voir, m'annonce mon beau-frère.

— Viens t'asseoir, ma belle enfant. Tu vas t'évanouir. Tu es blanche comme une pinte de lait.

Sarah m'entraîne à la cuisine et m'aide à m'asseoir alors que James me tend un verre d'eau.

— Tu nous expliques ce qui s'est passé ? demande Aaren.

J'inspire profondément. Une boule se forme au creux de mon estomac. J'ai peur pour James. Cette situation est juste trop intense. Je n'aurais jamais dû le laisser partir. Si je perds les deux, je n'ai plus qu'à mourir. Je me penche vers l'avant, mon cœur bat la chamade et veut me sortir par la gorge. Sarah me caresse le dos dans l'espoir que je me calme, mais tout ne fait que s'amplifier. J'ai la sensation qu'un truc vraiment mauvais va arriver.

La radio d'un des agents se met à grésiller et la voix de l'inspecteur lui demande de s'isoler. Tout de suite, je me redresse et le suis. Sarah et Aaren tentent de me retenir, mais ils ne sont pas assez rapides. Le policier, lui, m'attrape par la taille et je n'ai pas le temps d'entendre ce que dit Riviera. Ma tête pivote vers l'homme qui me retient.

— Dites-moi qu'il va bien. Je vous en supplie. Dites-moi qu'ils vont bien !

— Madame Combs, calmez-vous. Nous n'en savons rien pour le moment.

Son coéquipier revient et s'adresse tout de suite à moi.

— Madame Combs, je vous demanderais de bien écouter ce que je vais vous dire. Votre mari a été blessé et…

Je n'entends plus rien, un acouphène emplit mes oreilles et m'empêche de comprendre ce qu'il me dit. Aaren se place devant moi et attrape mon visage entre ses mains pour que je me calme.

— Lacey ! Lacey ! Nous devons nous rendre à l'hôpital. Nous en saurons plus une fois sur place. Les policiers vont nous escorter, mais tu dois te calmer, d'accord. Promets-moi que tu vas te calmer. Ce n'est pas bon pour toi et le bébé.

— Respire, Lacey. Respire.

La douce voix de Sarah parvient doucement jusqu'à moi. Aaren passe son bras autour de ma taille et m'entraîne vers la porte. Il récupère mes clés sur la bahut et Sarah verrouille une fois que les policiers sont sortis de la maison. Aaren m'installe sur la banquette arrière et Sarah s'assied avec moi. Son étreinte rassurante m'aide à ne pas sombrer dans la folie.

18

James

Bon sang de merde !

Je conduis comme un malade. Si j'arrive à cet appartement et qu'elles ne sont plus là, jamais je ne me le pardonnerai. Jamais je n'aurais pensé que cette salope de Félicia serait derrière tout cela. Même si j'ai cru l'apercevoir une fois, jamais je ne l'aurais imaginée assez folle pour faire une telle connerie. J'aimerais tellement savoir ce qui lui est passé par la tête pour en venir à kidnapper notre fille. Cependant, je ne compte pas lui poser la question. Je récupère Zélie et je file avec elle le plus rapidement possible.

Je me gare devant l'immeuble et je ne prends même pas le temps de réfléchir.

J'entre et fonce vers l'escalier que je grimpe en courant. La nervosité me gagne. Qu'est-ce que je fais si elles ne sont plus là ? Ou pire, si elle a fait quelque chose de mal à ma fille ? Mon cœur bat tellement rapidement que je le sens dans ma gorge.

Devant la porte, je ne peux m'empêcher de lancer un coup d'œil à l'autre appartement, celui où j'ai été drogué. J'étais à quelques mètres de ma fille et ça me fout en l'air de ne pas l'avoir récupérée. Je savais qu'un truc louche se passait, mais je n'aurais jamais pensé que c'était ça.

Ma main sur la poignée, je la tourne sur le côté. Je crois que c'est la première fois depuis quelque temps que je suis chanceux. Peut-être que c'est Malika qui n'a pas fermé à clé avant de partir. Peu importe, l'important est que je puisse entrer sans rien défoncer, car je n'aurais pas hésité à la faire voler en éclats.

— Où étais-tu passée ? s'écrie Félicia depuis une autre pièce.

Entendre sa voix ne fait qu'augmenter ma colère. J'ai envie de la balancer par une fenêtre et de contempler sa mort. Je veux qu'elle souffre autant qu'elle nous a fait du mal. Je sais ce que Lacey me dirait : la vengeance n'apporte rien de bon et ce qui nous arrive en est la preuve. J'aime le côté rationnel de ma femme, elle est tellement plus pragmatique que moi. Félicia est là, en fait, c'est elle que je vois en premier et je la déteste. Jamais personne ne m'avait fait ressentir autant d'aversion qu'elle en ce moment. Il faut absolument que je me calme, car, si je m'énerve contre elle, j'aurais encore plus de difficulté à récupérer ma fille. Zélie est assise devant la télé et regarde un dessin animé. Ses cheveux sont retenus par une queue-de-cheval et elle porte une robe rouge et noir. Elle est tellement belle et je n'ai qu'une envie, la serrer dans mes bras. Sentant une présence dans la pièce, elle tourne la tête vers moi.

— Papa ! crie-t-elle.

Félicia, assise par terre à côté de Zélie, ne me voit pas tout de suite, car elle est penchée sur son téléphone. Malheureusement, elle réagit plus rapidement que moi et la soulève pour la prendre contre elle.

— Papa ! Papa ! Papa ! scande Zélie.

Je ne peux m'empêcher de sourire. Elle est si belle et semble en pleine forme, mais surtout, elle est si heureuse de me voir.

— Rends-moi ma fille, ordonné-je d'une voix ferme.

Peut-être que ce n'est pas la bonne tactique à adopter dans ce genre de situation, mais c'est la seule que j'ai envie d'essayer. Elle ne m'inspire que de la colère et de la fureur que je ne peux me retenir.

— Je ne crois pas ! Puis, t'es pas en position pour négocier, ricane-t-elle.

Félicia se penche et saisit un pistolet qui était sur la table basse. La peur m'habite maintenant et il m'est impossible de la contrôler.

— Il est marrant, ton papa, hein, gamine ?

Elle rigole en agitant son arme sous le nez de ma fille. Des centaines de sentiments s'emparent de moi, mais le plus imposant est la peur. Est-ce qu'elle est assez folle pour faire du mal à une enfant ? Je ne sais pas. En fait, je ne suis plus sûr de rien. Jamais je n'aurais cru qu'elle pourrait être aussi méchante et kidnapper ma fille, alors qui sait ce qu'elle est capable de faire.

— Qu'est-ce que tu veux, Félicia ? Je vais te donner ce que tu demandes.

— Tu ne peux pas m'offrir ce que je veux. Je veux ton amour, mais, toi, tu aimes cette garce, crache-t-elle. Je crois que nous sommes dans une impasse, mon petit Jamichou !

— Tu avais demandé de l'argent, non ? Nous pouvons nous rendre à la banque et je peux demander un retrait. Je te donnerai ce que tu veux, d'accord.

— Non ! Non ! Non ! J'en veux pas ! J'en veux plus ! C'était pour Malika. Cette gourde attend un bébé et elle n'est pas capable de…

Zélie tente de repousser Félicia et je vois que ça agace cette dernière. Elle raffermit son emprise autour de ma fille, la serrant plus fort contre elle. Elle n'aime pas cette étreinte et essaie de s'en échapper en gigotant de tous les côtés. En même temps, ça fait une semaine que je n'ai pas vu ma fille. Bien entendu qu'elle n'a qu'une envie, c'est de me voir.

— Bébé, calme-toi. Bientôt, tu seras avec moi. Fais-moi confiance.

— Papa ! hurle-t-elle. Papa !

Mes mots ne semblent pas la calmer, mais elle s'agite encore plus. C'est difficile pour une enfant de cet âge de comprendre qu'elle doit rester tranquille.

— Félicia, tu vois bien qu'elle est effrayée et…

— Comment tu as su que j'étais ici ? demande-t-elle en faisant fi de ce que je lui dis.

— Malika…

Elle se met à rire comme une folle furieuse, puis à brandir son arme vers moi. Je suis prêt à mourir si Zélie a la chance de retrouver sa mère. Tout ce que je souhaite, c'est qu'elle ne soit pas témoin de ma mort. Mon cœur bat la chamade dans ma poitrine. Mes pensées s'envolent dans tous les sens, mais je sais que je fais ce qu'il y a de mieux pour ma famille.

— J'en ai marre de tout ça ! gueule Félicia.

Moi aussi !

— Rends-moi Zélie, je dirais aux policiers que tu n'étais pas là quand je suis arrivé et que la petite était seule dans l'appartement. C'est ta chance de te sauver, Félicia.

Pendant quelques secondes, elle semble prendre en considération ma proposition, mais elle finit par éclater de rire.

— Tu me prends vraiment pour une folle ! Si je te rends ta fille, tu me dénonceras. T'es comme ta connasse de femme. Elle t'a rendu comme elle. Il est où le James qui me disait que j'étais jolie même si je ne savais pas me maquiller.

Je me rappelle très bien ce moment. C'est la première fois que Naomi me présentait à sa famille. Il y avait cette petite ado qui portait des t-shirts trop grands pour elle et beaucoup trop de maquillage. Nao avait été très méchante envers sa jeune sœur et la rabaissait dès qu'elle en avait l'occasion. J'ai eu pitié de cette gamine qui semblait si mal dans sa peau. Elle me faisait un peu penser à moi. Je n'ai voulu qu'être gentil avec elle, mais elle a pris ma compassion pour autre chose. Ça expliquerait pourquoi elle s'était attachée à moi il y a quelques années.

— Il s'est passé beaucoup de choses depuis cette époque. Je crois que tu as mélangé trop de choses, Félicia.

— Tu as été le premier homme que j'ai aimé, James.

— Tu apprécies l'image que tu te fais de moi, mais ce n'est pas pour moi que tu as des sentiments.

— Ça suffit, putain ! Ça suffit ! s'énerve-t-elle.

Zélie a peur, des larmes coulent sur ses joues en silence. Je déteste voir ma fille ainsi. Je m'avance donc pour la lui prendre. Elle ne me tirera pas dessus, j'en suis persuadé. Elle ne ferait pas cette erreur.

— Reste où tu es, James !

— Non ! Non ! Je veux ma fille.

Je tends les bras vers elle. Un coup de feu retentit dans la pièce et une vive douleur me déchire l'épaule. Ma fille crie et hurle à s'en casser la voix. Je tombe par terre tant la douleur est vive et puissante. La seule chose que je vois, c'est Félicia qui s'enfuit avec ma fille. Mon épaule pisse le sang, mais je me relève avec peine pour les suivre. Dans l'escalier, j'entends les policiers lui crier de déposer l'enfant. Prenant appui contre un mur, je me laisse glisser et m'assieds par terre. J'ai l'impression de m'affaiblir à une vitesse incroyable. Un policier est rapidement près de moi. Vaguement, je l'entends appeler des secours. Je ne sais pas comment il a su que j'étais là, mais il m'a trouvé. Il maintient une pression sur la plaie probablement pour empêcher que je ne perde trop de sang.

— Monsieur ! Monsieur ! Rester avec moi ! Regardez-moi ! ordonne-t-il.

J'aimerais bien faire ce qu'il dit, mais c'est difficile.

— Où est l'ambulance ? On va le perdre ! s'écrie-t-il, paniqué.

— James ! James ! Zélie est en sécurité. On va vous emmener à l'hôpital le plus proche.

C'est la voix de l'inspecteur Riviera. J'entrouvre les yeux et le regarde. J'acquiesce d'un signe de la tête avant de refermer les paupières.

— Lacey ? murmuré-je.

19

Lacey

Je fais les cent pas dans la salle d'attente de l'hôpital. James vient d'y être admis, malheureusement, je ne sais rien d'autre. Je ne sais pas s'il va bien, si la situation est critique. Personne ne me dit rien et ça m'inquiète. Aaren et Sarah sont avec moi. Sarah a eu la gentillesse de prévenir ma mère et va la tenir au courant de tout ce qu'il se passe.

— Lacey, assieds-toi ! Tu me donnes envie de vomir ! m'ordonne Aaren.

Je ne m'offusque même pas du ton sec de mon beau-frère et m'exécute. Naturellement, ma main trouve la sienne en signe de réconfort et il la presse doucement.

— Qu'est-ce que je vais faire sans lui ? braillé-je. Il est mon pilier, ma vie, ma raison d'exister. Aaren ! Je... je...

— Ne saute pas aux conclusions trop rapidement, Lacey.

— Pourquoi n'avons-nous pas de nouvelles ?

— Je ne sais pas.

C'est bien ça mon problème, personne ne sait rien. Incapable de rester en place, je lâche sa main et recommence à arpenter le couloir de long en large. Plus je bouge, plus les larmes coulent sur mes joues et impossible de les empêcher. Tout mon corps tremble, mais aussi mon âme. Je ne sais même pas où est ma fille, si mon homme va bien. S'ils sont sains et saufs. Si James a pu la voir ou non. Je ne sais rien et personne ne veut rien me dire. Ça me rend folle. Tranquillement, je sombre dans la folie et la peur. Je mourrais s'il leur arrivait quelque chose.

— Lacey ? m'appelle Aaren.

— Je sais, je vais m'asseoir, marmonné-je.

— Maman ! s'écrie la voix de ma fille dans mon dos.

Je me retourne, Zélie court vers moi vêtue d'une robe rouge et noir. L'inspecteur Riviera marche derrière elle avec un sourire. Je me penche et la prends dans mes bras. Mes larmes coulent mi-amères, mi-joyeuses. Il ne manque que James pour que mon bonheur soit complet.

— Maman ! Ne pleure pas ! s'écrie-t-elle en posant ses mains de chaque côté de mon visage.

— Je suis heureuse de te voir, ma chérie.

— Mais j'étais chez une amie de papa, réplique-t-elle avec toute son innocence.

— Oui, mais tu m'as manqué. Ça m'a semblé des semaines.

Ma fille pose son regard dans le mien et me sourit.

— Moi aussi ! Où papa ? Papa bobo ?

L'inspecteur stoppe devant moi et croise les bras sur son torse. Mon sang ne fait qu'un tour en entendant ces mots. Est-ce que Zélie a été témoin de ce qui est arrivé à son père ? Est-ce que c'est grave ?

— Je ne sais pas, ma puce. Papa ne m'a pas encore donné de nouvelles et…

— J'aimerais vous parler quelques secondes, me coupe l'inspecteur.

— Ça ne peut pas attendre à demain. Je viens de retrouver Zélie et James…

— C'est de votre mari que je dois vous parler, lance-t-il en jetant un regard froid sur mon bonheur de retrouver ma fille.

Aaren s'avance vers moi et tend les mains vers Zélie.

— Tu viens voir parrain ? demande-t-il avec un grand sourire. Tu as beaucoup manqué à mamie, elle a hâte de te faire un câlin.

Elle saute dans les bras de son oncle, puis l'embrasse sur la joue. C'est bizarre de constater que, pour elle, ça n'a été que des vacances chez une amie de papa alors que, pour nous, ç'a littéralement été l'enfer. Sans lâcher ma fille du regard, je fais quelques pas pour me placer à l'écart.

— Lacey, Zélie n'a vécu aucun traumatisme de son kidnapping. Elle a été sauvée grâce à James.

En entendant ces mots, ma tête pivote vers l'inspecteur et la peur s'empare une nouvelle fois de moi.

— Où est mon mari et que lui est-il arrivé ?

— Je ne peux pas vous donner un diagnostic de docteur puisque je n'en suis pas un, mais je peux vous révéler certains faits.

— Dites-moi tout, je vous en prie.

— Félicia a tenté de fuir avec votre fille. Ce que j'en sais pour le moment, c'est que James est arrivé à l'appartement et il a exigé qu'elle lui rende Zélie, mais elle n'a pas voulu. Elle lui a tiré une balle dans l'épaule.

Je pousse un cri d'horreur avant de plaquer ma main contre ma bouche. Mon regard bifurque vers Sarah et Aaren, qui s'occupent de

Zélie, mais me lâchent des coups d'œil inquiets. Il est évident qu'ils n'entendent que quelques bouts de phrase et que c'est suffisant pour qu'ils angoissent.

— Est-ce que James va bien ?

— Nous avons tenté de stopper l'hémorragie du mieux que nous le pouvions. Les ambulanciers sont arrivés presque immédiatement sur les lieux et ont fait leur possible. La seule chose que je sais, c'est que James est dans un état critique, mais stable.

— Critique, mais stable, répété-je comme si j'étais sonnée.

— Je ne crois pas que Zélie ait vraiment compris ce qu'il s'est passé quand Félicia a tiré sur James. Aussi, je suis persuadé qu'elle n'a pas vu James par terre et couvert de sang.

Cette dernière phrase suffit à me faire éclater en sanglots et, rapidement, Aaren est près de moi pour incendier l'inspecteur.

— Je crois que ça suffit ! Vous avez arrêté vos suspects, Zélie est de retour, alors cesser d'importuner ma belle-sœur maintenant. Ayez un peu de respect, nous attendons des nouvelles de mon frère, vos questions peuvent donc attendre.

L'inspecteur acquiesce d'un signe de la tête en me spécifiant qu'il va me contacter demain pour un petit interrogatoire dans le but de clore le dossier. J'inspire longuement avant de me tourner vers Aaren. Il m'ouvre les bras et je m'y jette.

— Ça va aller, Lacey ! murmure-t-il.

— Non ! Non ! Elle a tiré sur James, braillé-je. Elle a tiré sur mon homme, cette folle.

Le corps de mon beau-frère se raidit et il me demande de répéter, mais j'en suis incapable.

— Lacey ! Lacey ! Dis-moi que c'est une blague ? exige-t-il en me repoussant.

Incapable de prononcer un traître mot, je ne fais que secouer la tête de gauche à droite. Aaren attrape ma main et m'entraîne vers le poste des infirmières. Il a peur, en fait, il est carrément terrifié et je sens que ça va mal se passer.

— Excusez-moi ! Je voudrais avoir des nouvelles de James Combs, demande-t-il sur un ton sans appel.

L'infirmier qui se trouve devant lui le fixe pendant un petit moment.

— Et qui êtes-vous par rapport à M. Combs ?

— Son frère et sa femme. On ne nous dit rien. Personne ne nous donne de nouvelles de lui et, maintenant, j'en ai marre.

— Je comprends ! Je vais simplement vérifier s'il est sorti de la salle d'opération, sinon, ça devrait se faire très bientôt. Je pourrai ensuite vous en dire plus ou le docteur viendra vous voir.

Aaren le toise avec méchanceté, son regard est si intense, presque fou, que j'ai peur. Mon corps tout entier tremble comme une feuille. Je me sens faible et prends appui sur Aaren, car j'ai la sensation que je vais bientôt m'évanouir. Protecteur, il passe son bras autour de ma taille et me tire vers lui. Un homme en blouse blanche vient vers nous et nous demande de le suivre dans un petit bureau.

— Je... ma fille...

Aaren tente de me rassurer.

— Elle est avec maman, Lacey, et nous sommes dans un hôpital.

Bien que son geste et ses paroles soient apaisants, il n'en demeure pas moins que tant que je ne vois pas ma fille, je panique. Avec ce qui vient d'arriver, c'est tout à faire normal et ce n'est pas parce que je n'ai pas confiance en Sarah pour s'occuper de Zélie, mais je viens à peine de la retrouver et ça me brise le cœur déjà d'être loin d'elle-même pour quelques mètres. Docilement, je suis le docteur en compagnie d'Aaren. Une fois à l'intérieur, je m'assieds sur une des chaises de service sans attendre qu'il nous le propose.

— Je me présente, je suis le docteur Constantin. C'est moi qui me suis occupé de M. Combs à son arrivée ici. Nous avons dû l'opérer pour déloger la balle qui était coincée dans son épaule. Il a aussi perdu beaucoup de sang et...

Le docteur s'arrête et me fixe. Plus il parle et plus je me sens mal. Je suis étourdie et mon cœur palpite. Mon visage doit s'être vidé de ses couleurs.

— Est-ce que ça va ? demande-t-il.

— Oui, poursuivez ! annoncé-je d'une petite voix.

— Elle est enceinte et, avec les événements des derniers jours, ç'a été difficile pour elle. Leur fille a été kidnappée et...

— Oui, le policier m'a fait un résumé de la situation. Attendez-moi ici, s'il vous plaît.

Le docteur se lève, sort du bureau. Aaren et moi échangeons un regard surpris.

— Est-ce que ça va, Lacey ? demande-t-il, inquiet.

— J'en peux plus de tout ce stress. Je veux simplement savoir si mon mari va bien et...

— C'est normal. Je veux aussi être informé de l'état de mon frère.

Le docteur revient avec deux bouteilles et les tend à Aaren et moi.

— Buvez un peu d'eau, ça vous fera le plus grand bien.

J'acquiesce d'un signe de la tête, mais je n'ouvre pas la bouteille. Tout ce que je veux est d'avoir des informations sur mon mari.

— James n'est plus dans un état critique. L'opération s'est bien déroulée. On lui fait une transfusion sanguine en ce moment même. Dès que ce sera réveillé, nous pourrons vous laisser le voir.

Mon cerveau est comme dans de la gelée et je ne comprends pas un putain de mot que le docteur me dit.

— Mon mari va bien ? demandé-je en bafouillant.

— Du mieux qu'on peut aller après tout ce qu'il a vécu.

— Merci, docteur, lance Aaren en se levant.

— Y a pas de quoi, je reviendrai vous chercher lorsque ce sera possible de le voir.

Nous remercions le docteur Constantin et, avant de sortir du bureau, je le regarde quelques secondes. C'est un homme d'une quarantaine d'années, cheveux blonds avec des yeux bleus et il se dégage de lui une certaine compassion agréable. Une fois près de Sarah et Zélie, je ne peux m'empêcher de m'asseoir et de la prendre dans mes bras pendant qu'Aaren s'éloigne avec sa mère pour lui expliquer la situation. Ma fille semble être épuisée, elle pose sa tête contre mon épaule et tète son pouce. Son autre main plonge dans mes cheveux qu'elle caresse doucement.

L'inspecteur a raison, elle n'a rien vu de ce qui est arrivé à son père et heureusement, car elle l'aime tellement que ça l'aurait détruite. Je ne sais pas comment c'est possible, mais je remercie le ciel que cette épreuve ne l'ait pas trop traumatisée.

— Maman, où papa ? demande-t-elle d'une petite voix.

— Il se repose dans une chambre, nous allons bientôt pouvoir le voir.

— Papa bobo ?

— Un petit, ma chérie. Un petit.

Je tente de la rassurer, mais je crois que tant que je n'aurai pas vu James, je ne pourrai pas être à cent pour cent certaine qu'il va bien.

— T'es fatiguée, non ?

Elle secoue la tête de gauche à droite et sa réaction me fait rire de bonheur. Des larmes coulent sur mes joues. Aaren et sa mère reviennent au même moment. Je vois sur le visage de Sarah la crainte et qu'elle non plus ne sera soulagée que lorsqu'elle verra son fils.

— Tu veux que je la prenne ? propose-t-elle.

— Non, j'ai besoin de l'avoir près de moi.

— Je comprends. Je suis heureuse qu'elle soit de retour avec nous. Pendant que vous parliez avec le docteur, elle me disait qu'elle était en vacances chez une amie de papa.

— C'est ce qu'elle m'a dit aussi.

Je ne veux pas paraître méchante avec Sarah, mais je n'ai pas envie de discuter de tout cela en ce moment. Tout ce que je désire, c'est profiter de la présence rassurante de ma fille. J'enfonce mon nez dans ses cheveux pour la sentir et qu'elle n'est pas ma déception de constater qu'elle n'a plus la même odeur qu'avant. Une fois à la maison, je lui ferai prendre un bain autant de fois que possible pour qu'elle sente comme avant. Sa respiration se fait plus régulière, signe qu'elle s'est endormie. Mon cœur déborde de bonheur, car, dans les derniers jours, je tentais de me rattacher à un faible espoir, mais je n'y arrivais plus vraiment. Rester positive dans cette situation est presque impossible. Le silence s'installe entre Aaren, Sarah et moi, mais il n'est pas pesant, je crois simplement que nous profitons du moment pour regarder Zélie.

— Madame Combs ? lance le docteur. Vous pouvez me suivre. James est réveillé.

— Est-ce que sa maman et son frère peuvent venir ? demandé-je.

— Oui, mais seulement quelques minutes. J'ai peur que ça l'épuise si trop de gens sont autour de lui.

J'acquiesce d'un signe de la tête et Aaren m'aide à me lever, car, en tenant Zélie dans mes bras, ce n'est pas une tâche qui est facile. Elle s'agrippe à moi comme si sa vie en dépendait et ce n'est pas pour me déplaire.

Nous marchons derrière le docteur et il ouvre la porte avant de nous laisser entrer. Je ne peux retenir un petit cri de surprise en voyant James étendu sur le lit, l'épaule en écharpe. Son visage est pâle, mais il arrive à me sourire.

— Qu'est-ce que j'aime voir cette scène, souffle-t-il d'une voix faible.

— Nous voir inquiets pour toi, idiot ? demande Aaren.

James pouffe et une grimace de douleur déforme son doux visage. Je m'avance vers le lit où je m'y assieds.

— T'es la plus belle, me souffle-t-il.

— Et toi, tu as l'air d'un cadavre. Je n'aime pas te voir ainsi.

— Je suppose qu'on peut dire que j'ai frôlé la mort, mais je recommencerais n'importe quand pour te ramener notre fille.

Ses mots me font éclater en sanglots.

— T'es un idiot ! Je ne pourrais pas vivre sans toi. Ne recommence plus jamais.

Le docteur ouvre la porte pour nous annoncer qu'on doit partir pour laisser James se reposer, mais que, demain matin, il nous sera possible de revenir. Il ajoute aussi que si quelqu'un veut rester pour veiller James, c'est possible. Mon homme me sourit et tourne la tête vers sa mère.

— Tu vas bien t'occuper de Lacey pendant mon absence, hein ?

À cette phrase, je comprends qu'il souhaite que je rentre me reposer et dormir. S'il avait ressenti le besoin que je reste, je ne sais pas ce que j'aurais fait, car il m'est impossible de quitter Zélie.

— Comme si elle était ma propre fille !

— Moi, je vais rester pour veiller sur toi, tête de nœud, annonce Aaren.

Sarah et moi quittons la chambre, non sans avoir embrassé James avant. Aaren nous accompagne jusqu'à la voiture et s'assure de bien installer le siège de voiture de Zélie. Il en a toujours un dans le coffre de sa voiture, car il lui arrive de ramener la petite ou de l'emmener en balade.

Je conduis jusqu'à la maison le cœur plus léger, j'ai l'impression qu'enfin nous allons pouvoir souffler. Sarah m'aide à mettre Zélie en pyjama, la petite est tellement fatiguée qu'elle ne collabore pas, alors nous lui enfilons simplement une jaquette et la couchons dans mon lit.

— Je vais dormir moi aussi, annoncé-je.

Avant qu'elle ne quitte la pièce, je m'avance vers elle et la serre dans mes bras.

— Merci pour tout ce que tu as fait pour nous. Sans toi, nous n'aurions pas passé à travers tout cela aussi facilement.

— Je serai toujours là pour vous, ma belle Lacey. Je vais téléphoner à ta mère pour lui donner les derniers développements. Elle était très inquiète.

— Au fait, pourquoi elle n'est pas venue nous trouver à l'hôpital ? demandé-je, soudainement blessée par son absence.

— Ils ne voulaient pas encombrer la salle d'attente.

J'acquiesce d'un signe de la tête et la regarde quitter la chambre. Je regagne mon lit et Zélie se blottit instinctivement contre moi. Bien que je sois incapable de dormir, je reste là et profite simplement de la présence de ma fille en lui caressant les cheveux. Au bout d'une heure environ, la porte de la chambre s'ouvre et la tête de Sarah apparaît. Voyant que je ne dors pas, elle sursaute.

— Je venais simplement voir si vous alliez bien.

— Oui, je profite, annoncé-je avec un sourire.

— Elle est magnifique, cette enfant. Aaren m'a donné des nouvelles de James. Il vient de s'endormir. Il a dû prendre de la morphine pour soulager la douleur, mais, là, il dort comme un bébé.

— Merci.

— Je vais dormir, je suis exténuée.

Pendant quelques secondes, Sarah fixe sa petite-fille avec amour.

— Je sais qu'elle t'a manqué, si tu veux dormir avec nous, le lit est assez grand, mais parfois elle donne des coups de pied.

Sarah semble hésiter quelques secondes, puis elle se dirige sans un mot vers le lit et s'installe aux côtés de Zélie. Avec la présence rassurante de Sarah, je m'endors presque tout de suite.

20

James

J'ouvre un œil et ne comprends pas tout de suite où je me trouve. La pièce est plongée dans une semi-obscurité et des bruits bizarres parviennent jusqu'à moi. Le lit est très inconfortable et une vive douleur me déchire l'épaule. Rapidement, mes souvenirs me reviennent en rafale. Mon cœur se met à battre à toute allure et ne se calme que lorsque je revois Lacey entrer dans la pièce avec Zélie dans ses bras. Ma fille est saine et sauve. Elle va bien, ma femme aussi par la même occasion. Maman s'occupe des femmes de ma vie, tandis que mon frère Aaren est à mon chevet. Il a tenu à rester près de moi même si je lui ai dit que je m'en sortirais et que, probablement, je dormirais toute la nuit à cause des médicaments.

Ma tête pivote et je le vois pencher sur son téléphone, l'air sérieux.

— Qu'est-ce que tu as, tête de bite ?

Il sursaute et me lance un regard mauvais.

— Frôler la mort ne t'a pas rendu moins con ! grogne-t-il.

Je sais qu'il n'est pas vraiment fâché contre moi puisqu'un sourire en coin se dessine sur ses lèvres. Il dépose son téléphone sur la table roulante et se penche vers moi.

— T'inquiète pas, ce n'est pas une balle dans l'épaule qui va me mettre K.O. ! Je suis un putain de superhéros !

— Superhéros, mon cul ! T'es plutôt Zeitgeist[6].

— Non, mais t'es sérieux ? Je te rappelle que je me suis pris une balle dans l'épaule et que j'ai assuré pour retrouver Zélie. Tu pourrais au moins dire que je suis Thor ou Aquaman.

— Tu essaies de te comparer à Chris Hemsworth et Jason Momoa ? T'es fêlé du cerveau, ma foi !

— Même avec un seul bras, ils ne font pas le poids. Hemsworth va chier dans son froc et, pour Momoa, je préfère garder pour moi ce que je lui ferais.

— Chochotte !

Aaren éclate de rire devant ma stupidité et, quand je me joins à lui, j'ai rapidement mal. Bon sang ! Je ne pensais pas que se prendre une balle était aussi douloureux.

— Ça fait un mal de chien, putain ! grogné-je.

— Tu veux que je prévienne l'infirmier ? demande-t-il, inquiet.

— Non ! Non ! T'inquiète pas. Dis-moi comment va Lacey.

— Elle a eu vraiment peur. Je ne crois pas qu'elle va laisser Zélie quitter ses bras un jour.

— Tu crois que ce serait exagéré si j'engageais des gardes du corps ?

— Tu y songes vraiment ? demande Aaren, surpris.

---

6 Le personnage, de son vrai nom Axel Cluney, a été créé par l'écrivain Peter Milligan et l'artiste Mike Allred pour le numéro de juillet 2001 de *X-Force*. Son pouvoir est de vomir de l'acide.

— Je crois, mais Lacey a peur que ça traumatise Zélie. Je ne sais pas trop quoi en penser, mais je veux que ma famille soit en sécurité.

— C'est une grosse décision que vous devez prendre ensemble. Ça t'a fait mal ?

J'essaie de me remémorer ce que j'ai ressenti quand Félicia m'a tiré dessus, mais tout ce dont je me souviens est mon obstination pour ne pas la laisser s'enfuir avec ma fille.

— Je ne sais pas. Je suppose que oui, mais, sur le coup, j'étais en colère de ne pas pouvoir sauver Zélie. En fait, je me focalisais beaucoup là-dessus. J'ai tenté de les suivre, mais je n'en étais pas capable. C'était atroce.

— Ta femme, elle a assuré comme une cheffe, tu sais. Même quand elle était près de craquer, elle gérait.

— Je sais que si j'étais mort, elle aurait pu compter sur toi. Pour moi, tant qu'elle retrouvait Zélie, je me foutais de mon sort.

Le silence s'installe dans la pièce, il est pesant et lourd de sens. Une infirmière entre pour prendre mes signes vitaux et me donner mes médicaments. Je connais bien Aaren, en ce moment, il réfléchit à ce que je viens de lui dire. Quand elle repart, Aaren reprend la parole tout de suite.

— Honnêtement, James, c'était idiot de risquer ta vie. Je sais que ton but était de ramener Zélie auprès de sa mère, mais...

— Tu ne sais pas ! Tu ne sais pas ce que c'est d'être privé de son enfant. Ça te détruit en dedans, ça te ronge. J'avais l'impression que plus jamais je ne serais heureux. Quand je l'ai vue dans le salon de cette malade, j'ai recommencé à vivre. Ma fille devait être avec sa famille.

— C'est vrai, tu as raison. Je n'ai pas de famille, moi, je ne peux pas comprendre.

— Ce n'est pas ça que je dis, putain ! Tu te rappelles quand on faisait des conneries, maman nous disait toujours qu'elle ne survivrait pas s'il nous arrivait quelque chose.

— Elle le disait plus souvent à toi qu'à moi.

Je lève les yeux au ciel et ça fait pouffer Aaren. Je crois qu'il a eu peur de me perdre et que cette perspective a changé plusieurs choses dans sa tête.

— Je n'ai compris qu'à ce moment ce qu'elle voulait dire. Je ne pourrais pas vivre s'il arrivait quelque chose à ma fille. Je ne pourrais tout simplement pas.

— J'imagine que ça doit être la pire des douleurs pour un parent.

J'acquiesce d'un signe de tête. Une fatigue s'empare de moi et mes paupières se font de plus en plus lourdes.

— Tu sais, Arabella est enceinte, lâche-t-il en fixant le sol.

— Et tu essaies de me dire que tu es le père ?

— Non ! Non ! Elle m'a simplement prévenue de sa grossesse.

Je bâille à m'en décrocher la mâchoire, ce qui fait sourire Aaren.

— Dors un peu. Je vais tenter de faire de même.

— Ouais, mais on reprend cette conversation tout à l'heure, annoncé-je.

— T'imagines que tu vas avoir le temps pour cela demain ? La cavalerie va arriver, tout le monde va vouloir te voir.

— T'inquiète, je ne t'oublierai pas.

Je m'endors rapidement en rêvassant à mes projets, à ma famille, à ce que je désire de la vie. Au réveil, il fait jour et la pièce est baignée d'une douce lumière. Lacey est assis sur une des chaises de service, Zélie dessine sur la table et ma mère tricote à côté de ma femme.

— Bonjour, les trois plus belles femmes du monde !

Zélie lève la tête vers moi et crie papa. Rapidement, elle tente de descendre de la chaise et Lacey la soulève pour la poser sur le lit. Ma fille me serre dans ses bras et me sourit.

— Papa bobo ?

— Papa va bien, ma puce. Il a simplement besoin de repos.

Elle se blottit contre mon bras valide et Lacey approche sa chaise près du lit.

— Comment tu vas, maman ?

— Je vais bien. Et toi ?

— Ça va ! J'ai déjà hâte de rentrer à la maison.

— Tu dois rester ici le temps qu'il faut pour aller mieux, rétorque ma mère avec un sourire.

— Oui, maman ! répliqué-je avec le sourire. Dis, Lacey, as-tu prévenu Mick ?

— T'inquiète pas ! J'ai fait tout ce que je devais faire et tout le monde est prévenu. Il a même fait livrer un gros bouquet de fleurs à la maison pour moi, des chocolats pour Zélie et, pour toi, la corbeille de fruits qui est juste là.

Elle me pointe un gros panier contenant des bananes, des pommes, des raisins, des oranges, des mangues et tout plein d'autres fruits.

— Putain ! On n'en manquera pas, ricané-je.

Mon rire me procure une douleur dans l'épaule, mon visage se tord en une grimace peu jolie et, tout de suite, ma fille semble inquiète pour moi.

— Papa ? Mal ?

— Oui, mais ça va, ne t'en fais pas, ma princesse. Papa va bien.

Je vois bien dans le regard de ma femme qu'elle n'en croit rien. Elle et ma mère se regardent quelques secondes et elles ont la même peur dans les yeux.

— Tout va bien, cessez de vous inquiéter, putain ! répliqué-je, un peu fatigué. Zélie est avec nous, je suis vivant et bientôt nous serons quatre. Je ne vois pas ce que je pourrais demander de mieux.

Aaren débarque dans la chambre au moment où je termine ma phrase. Il est en compagnie d'Arabella, qui ne semble pas savoir où se mettre. Ses yeux me fuient et je vois bien qu'elle ne sait pas comment réagir. Quand Zélie la voit, elle crie son nom, saute en bas du lit en refusant l'aide d'Aaren, qui lui tend la main, puis elle tend les bras vers Bella. Cette dernière la saisit sous les aisselles et la soulève.

— Je te proposerais bien une chaise, mais elles sont prises, lancé-je pour adoucir l'atmosphère.

— Je m'excuse, James. Je sais bien que tu es en colère contre moi et...

— Je t'arrête tout de suite, je ne le suis plus. Nous avons retrouvé Zélie et c'est tout ce qui compte, d'accord ?

Elle me sourit et approuve d'un signe de la tête. La main de Lacey trouve la mienne et ses doigts se nouent aux miens. Ce geste rempli d'affection et d'amour ne fait qu'augmenter mon bonheur. Bella tend vers moi une grosse boîte pleine de chocolats.

— Je t'ai apporté un petit cadeau. Ce sont nos préférés, à Zélie et moi. Je me suis dit que tu voudrais peut-être partager avec la petite.

— Bon sang ! C'est sympa de se faire tirer dessus. Tout le monde vous achète des cadeaux. Je devrais peut-être faire une liste de ce que je désire.

Tout le monde pouffe, sauf ma mère qui prononce mon prénom comme si j'avais dit un truc hyper offensant alors que c'est seulement très drôle.

— Maman ! T'as pas le sens de l'humour ! Et toi, tu m'as acheté un cadeau ? demandé-je à Aaren.

— Non, mais je peux sans doute te trouver un truc aussi laid que ta tête, renchérit mon frangin.

— Parrain pas gentil.

Zélie lève la main et fait semblant de taper son oncle ce qui nous fait tous bien rire. J'inspire longuement, car la douleur se fait de plus en plus présente. Lacey semble s'en apercevoir, car je l'entends vaguement demander à Aaren d'aller chercher l'infirmière. Je m'accroche à la main de ma femme comme si ma vie en dépendait.

— Reste avec moi, murmuré-je.

L'infirmière vient dans la chambre, demande à tout le monde de partir avant d'aller chercher le médecin. Ma maman rassure Lacey sur le fait qu'elle va prendre soin de notre princesse.

— Comment vous allez, monsieur Combs ? demande une femme brune aux yeux noisette.

— J'ai mal. Dès que je bouge ou que je ris, c'est la douleur assurée.

— J'ai pu consulter les radios que l'on vous a fait faire à votre arrivée ici. La balle a atteint un muscle important de votre épaule, le deltoïde. Ce muscle est essentiel pour les mouvements du bras. La balle est entrée en diagonale dans votre épaule, monsieur Combs, amochant les nerfs et le muscle. Pour le moment, nous pouvons simplement vous donner des antidouleurs et attendre de voir comment la plaie guérit. Ensuite, vous auriez probablement de la rééducation.

— Est-ce qu'il pourra rejouer de la musique ? demande Lacey inquiète.

— Pour le moment, nous n'en savons rien. Nous allons suivre l'état de M. Combs de près et allons tout faire en notre possible pour qu'il y parvienne.

— D'accord, je comprends, bafouille Lacey.

— Ce sont des questions qu'il est normal de se poser. Je vais demander à l'infirmière de vous apporter vos antidouleurs.

Je remercie la docteur et la regarde sortir. Dès qu'elle a franchi la porte, ma femme se tourne vers moi, les yeux remplis de doute et de peur. Elle sait que la musique prend une place énorme dans ma vie et que, sans ça, je suis carrément en chute libre, mais les choses ont changé. J'ai eu peur de perdre Zélie et ma priorité est et demeura toujours ma famille.

— Cesse de faire cette tête. Si je ne peux plus jouer, je produirai de la musique. J'adore faire ça, tu sais.

— Oui, mais…

— Lacey, il n'y a pas de « oui mais » qui tienne. C'est comme ça et je prendrai dix balles dans l'épaule si ça permet à Zélie d'être avec toi.

— Ne dis pas ce genre de chose, car je ne pourrais pas vivre sans toi !

— Oh, si, tu le pourrais, car je serais là pour veiller sur toi et t'obliger à voir les choses positivement.

De grosses larmes coulent sur ses joues, je lui fais signe de me rejoindre dans le lit, mais elle secoue la tête de tous les côtés l'air de dire non, t'es malade, je vais te blesser.

— S'il te plaît, j'ai vraiment besoin de la femme que j'aime contre moi.

Un soupir s'échappe de sa bouche, elle fait un mouvement pour se lever, mais l'infirmière entre avec une seringue.

— Maintenant, tu n'as plus que dix minutes pour profiter de moi, lancé-je en bougeant les sourcils.

Habituée à mon humour un peu graveleux, Lacey pouffe tandis que l'infirmière d'un certain âge lève les yeux au ciel. Dès qu'elle repart, ma femme se penche vers moi et me sourit.

— Je suis la personne la plus chanceuse sur terre de t'avoir dans ma vie.

— Je pense la même chose te concernant. Je sais que tu meurs d'impatience de retrouver Zélie, mais reste avec moi le temps que je m'endorme.

Elle tire la chaise le plus possible près de mon lit, descend la barrière et se glisse à mes côtés doucement. Son parfum me chatouille les narines.

— Je pensais ne jamais revivre de moment comme celui-ci, avoué-je. Je ris, mais j'ai réellement cru que j'allais mourir. Bon sang ! Je sais que j'aurais fait ce qu'il fallait, mais je suis heureux d'être là.

— Tu es la meilleure personne que je connaisse, James Combs.

— Dès que j'irai mieux, on s'envolera pour Paris et Disney.

Lacey répond un truc que je n'entends pas vraiment. Je plonge dans le sommeil et rien ne pourrait m'empêcher de dormir.

21

Lacey

James est enfin à la maison après plusieurs jours d'hospitalisation. Les médecins demeurent positifs quant à son avenir en tant que musicien. Lui n'arrête pas de clamer qu'il s'en fout et que cette difficile épreuve a carrément changé sa façon de voir les choses et la vie. Moi, ce qui me fait peur, c'est que dans cinq ou dix ans, il se dise qu'il est passé à côté de quelque chose. Je suppose que nous aurons plus de temps pour en discuter bientôt et que je pourrai avoir le fond de sa pensée. Il y a toujours quelqu'un avec nous. Tout le monde veut le voir, prendre de ses nouvelles et parler avec lui.

Un bras m'enserre la taille et la personne derrière moi dépose un baiser dans mes cheveux. James murmure contre mon oreille qu'il est impatient qu'on lui enlève cette écharpe qui immobilise son épaule pour qu'il puisse profiter de mon corps.

— Au fait, t'as réfléchi à cette histoire de garde du corps ? demande-t-il.

Impatiente, je me retourne vers lui et le fusille du regard. Il sait ce que j'en pense, mais il s'obstine à vouloir engager deux hommes pour nous surveiller et James, quand il a quelque chose dans la tête, il ne l'a pas dans les pieds. Il sait que ça m'agace quand il tente de me forcer la main pour un truc.

— Ouais, elle m'a dit qu'elle accepterait seulement si tu pouvais lui avoir Jason Momoa. C'est la seule condition, lance Aaren en entrant dans la pièce en compagnie de Bella.

— Si tu crois que je vais engager ce grand fou pour que tu puisses te rincer l'œil à chaque fois qu'il bouge ou respire, tu te trompes.

— Ton frère a raison, c'est la seule solution. C'est Momoa ou rien.

— J'abandonne ! marmonne mon homme.

Il se retourne vers Bella et Aaren, pendant quelques secondes, il les regarde à tour de rôle, puis il hausse les épaules. Sa mère entre en compagnie de Kirsten, son copain Hugh, Elijah et Elo. Elijah approche de l'adolescence et Elo va bientôt avoir cinq ans. Son tonton James est très fier d'elle, car elle ne veut jamais sortir sans ses converses.

— Pourquoi il y a tant de monde ici ? demande James en me fixant.

Je me contente de répondre par un haussement d'épaules et lui souris.

— Où est Zélie ? m'interroge Kirsten.

— Dans sa chambre, elle range ses jouets.

— Elo est impatiente de jouer avec sa cousine.

Ma belle-sœur conduit sa fille jusqu'à la chambre de la mienne.

— Qu'est-ce que tu mijotes encore ? demande James en se plaçant devant moi.

— Ta famille et certains de tes amis voulaient te faire une soirée. On sera un petit groupe seulement.

James tue la distance qui nous sépare et m'embrasse avec passion. Depuis cet événement horrible, jamais il ne m'embrasse à la va-vite. Il prend toujours le temps de bien me faire sentir son amour pour moi.

— Merci de faire tout cela pour moi, mais un simple dîner avec Zélie et toi aurait été suffisant.

— T'es fou ! Jamais ils ne m'auraient laissé célébrer ton retour en famille.

Mick entre dans la pièce au même moment et tend une petite boîte noire.

— J'espère pour toi que ce n'est pas une cravate, grogne-t-il.

Je sais que même s'il joue le mec qui ne veut pas porter de cravate, il sourirait, car l'attention le touche particulièrement. Comme c'est difficile avec son bras invalide, il me tend la boîte pour que je l'ouvre. Je sors un long tissu noir avec des têtes de mort, celle du logo de Broken Skull.

— Putain ! J'adore ! s'écrie-t-il, fou de joie. Lacey, aide-moi à l'enfiler.

Doucement, je retire celui qu'il porte pour enfiler le nouveau. Il est si fier qu'il le montre à tout le monde.

— Maintenant, j'ai trop la classe !

La maison se remplit rapidement. Certains membres de groupe que James aime particulièrement et qui sont devenus ses amis sont là. Notre famille au complet y est, sauf nos pères, mais, pour le coup, ni lui ni moi ne sommes tristes de leur absence. Je crois qu'enfin, nous sommes libérés de leurs chaînes. Je ne saurais être plus heureuse qu'en ce moment. Mick a commandé des pizzas pour tous et nous mangeons en échangeant de tout et de rien. Quand tout le monde est parti, Sarah et Kirsten se proposent pour faire le ménage, mais je les mets à la porte en leur disant de revenir demain. Ce que j'ai envie de faire est bien plus important et pressant que de faire la vaisselle. Nous allons vérifier si Zélie dort dans sa chambre et la retrouvons endormie au milieu de ses peluches en train de téter son pouce.

— Une vraie princesse, murmuré-je. J'ai eu si peur de ne jamais la revoir comme ça.

— Je vous aime tellement.

— Et si on allait dormir, proposé-je. Je suis exténuée.

Nous nous dirigeons vers la chambre. J'aide James à retirer son écharpe, puis le reste de ses vêtements. Ensuite, je l'aide à s'installer dans le lit. Pendant un moment, je devrai faire plusieurs choses pour lui et je sais que ce ne sera pas facile, car James aime s'occuper de moi et de sa fille. Il va devoir ronger son frein et comprendre que ça me fait plaisir de faire tout cela pour lui. À mon tour, je me prépare pour la nuit et revêts un boxer et un haut.

— Putain ! Tant que je serai dans cet état, tu ne pourras pas mettre ce genre de truc d'accord !

— Mon but est de te donner envie de guérir le plus rapidement possible.

Tranquillement, je m'installe dans le lit et me blottis contre son épaule valide. Mes doigts caressent son torse et il m'est difficile d'imaginer tout ce que l'on a traversé depuis quelques semaines. Pour moi, c'est comparable à l'enfer et je suis contente qu'on en soit sortis.

— J'aimerais que l'on déménage, annoncé-je, une maison plus adaptée à nos besoins, tu vois.

— Oui, je suis d'accord. Dès que tu iras mieux, on cherchera quelque chose d'autre.

— As-tu mis le système d'alarme ?

— Oui. C'est fait. Qu'est-ce que tu penserais si je devenais manager d'artiste ? demande-t-il.

— Si c'est quelque chose qui te tente, pourquoi pas. Tu n'as pas peur que la musique te manque.

— C'est un risque à prendre, mais ce n'est pas si grave si ça devait arriver. Je regarde ton père qui est passé à côté de tellement de choses dans sa vie à cause de son amour pour la musique. Il ne te connaît pas vraiment et ne connaîtra pas ses petits-enfants. Ça m'a apporté beaucoup de choses, de plaisir, d'aubaines, mais jamais je ne regretterai d'avoir tenté l'impossible pour sauver notre fille.

Ses mots me font le plus grand bien. Ils me remplissent de joie et d'amour.

— T'es quelqu'un de bien, James Combs ! Nos enfants sont chanceux de t'avoir comme père.

— Et moi encore plus de vous avoir dans ma vie.

Pendant le reste de la nuit, nous discutons de tout, de rien, de nos projets, mais surtout de notre avenir et ce moment est probablement un des plus beaux de ma vie.

22

James

Plusieurs années plus tard...

C'est drôle, la vie. Un jour, tu crois avoir tout. Tu penses être heureux. Puis on te prend une des choses les plus formidables que la vie t'a donnée. Le kidnapping de ma fille a carrément changé ma façon de voir les choses. Je ne pourrai plus jamais jouer de musique, parfois utiliser mon bras est une tâche difficile, mais je m'en fous, car ma famille est au complet. Malgré la rééducation et une opération, elle ne se remet pas comme on me l'avait promis, mais ça me va. Maintenant, je bosse comme agent avec Mick. Il a quitté l'entreprise pour laquelle il bossait et nous avons fondé JM Management et, avec mon frangin Aaren, nous poursuivons notre carrière de réalisateurs. Mes deux nouveaux métiers fonctionnent super bien et j'ai encore du temps pour mes enfants et ma femme. J'aime bien que, pour une fois, je ne me retrouve pas au cœur de tout. Parfois, je souris en me disant que je suis bien où je suis. Lacey fait toujours de la musique, mais de moins en moins de concerts. Nous avons maintenant trois enfants, Zélie qui a maintenant huit ans, Rivers cinq ans et Penny dix-huit mois. Notre famille est vraiment ce qui compte le plus pour nous et nous la faisons toujours passer en priorité. Moi, j'aurais bien aimé un quatrième, mais Lacey lève toujours les yeux au ciel en me disant qu'elle en a marre d'être une baleine.

— James, est-ce que tu peux prendre Penny et la mettre sous le parasol avec toi ? Elle dort et le soleil tape fort aujourd'hui, me demande Lacey avec un grand sourire.

Je saisis la petite dernière et la pose à côté de moi à l'ombre. Lacey et Arabella se font bronzer en surveillant les enfants qui s'amusent à faire un château de sable. Elles discutent à voix basse pour que je ne les entende pas, mais ce qu'elles ne savent pas, c'est que même si un homme feint l'ignorance, il sait tout. En ce moment, elles parlent d'Aaren, je crois que Bella a toujours bien aimé mon frère, mais, lui, il ne voit rien. Il est tellement coincé dans leurs vieilles histoires, leurs rancœurs que ça l'empêche d'ouvrir les yeux. Je tourne la tête sur le côté et aperçois mon frangin qui s'en vient vers nous. Nous avons décidé de prendre des vacances en famille, Aaren tenant à venir, puis Arabella et son fils Cash se sont invités. Donc l'image que je me faisais de nos moments en famille est rapidement tombée à l'eau, mais ce n'est pas grave.

— Les filles ! L'ennemi s'en vient vers vous, ricané-je.

Toutes les deux tournent la tête vers moi et étouffent un petit cri de surprise. Je les regarde l'air de dire : *eh oui ! j'entends tout !* Aaren se laisse tomber tout près de Penny qui dort encore.

— Vous parliez de quoi ? demande-t-il.

— Rien du tout, s'écrie Lacey.

J'ai envie de lui dire qu'elle n'est pas du tout subtile, mais je me tais.

— Tu viens avec moi à la villa, j'aimerais te parler de quelque chose, proposé-je à ma femme.

Elle semble me trouver bizarre, car elle hoche de la tête et plisse les yeux.

— Bella, tu surveilles les enfants ?

— T'inquiète pas, James. Il ne leur arrivera rien, ajoute Aaren.

Lacey se lève, noue ses doigts aux miens et nous remontons vers la villa. Nous avons loué une immense maison pour l'occasion avec accès privé à la plage.

— Qu'est-ce que tu fais, James ? me demande-t-elle.

— Tu ne crois pas qu'ils feraient un couple mignon ?

— Oui, mais ce n'est pas aussi facile que ça entre eux. Je sais des choses que tu ne sais pas et…

Je tiens la porte pour qu'elle entre et nous nous dirigeons vers la cuisine. Lacey s'assied sur le comptoir et je m'avance vers elle. Elle enfonce ses doigts dans mes cheveux et m'embrasse sur la bouche.

— J'aime ça, tu as un goût de soleil et de miel.

— Dommage que l'on ait si peu de temps devant nous…

Elle laisse sa phrase en suspens et se mord la lèvre.

— Ne me tente pas, je peux être très rapide quand je veux.

Lacey pouffe et m'embrasse à nouveau.

— Tu n'as pas envie qu'on sorte avec les enfants ce soir, proposé-je.

— Oui, ça donnerait l'occasion à Bella et Cash de passer du temps ensemble.

— Oui, on emmènerait Cash.

— Pourquoi ? demande Lacey sans comprendre ce que je veux faire.

— Ce serait sympa de laisser Bella et Aaren seuls un peu, non ?

— James, soupire-t-elle. T'es mignon comme tout en marieur, mais ils ont tenté plus de fois que possible et ça n'a pas fonctionné. Je… laisse tomber, d'accord.

Elle me cache quelque chose, je le sais, je le sens. Pendant quelques secondes, je la fixe, puis elle secoue la tête et tente de sauter en bas du comptoir, mais je la retiens.

— Explique-moi, s'il te plaît, exigé-je d'un ton sans appel.

— Ça ne te regarde pas, James. Bella m'en a parlé, car je suis sa meilleure amie, mais ça ne te regarde pas. Puis, crois-moi, tu ne veux pas savoir, car ça te mettrait dans une position pas possible.

Je fronce les sourcils et Lacey lève les bras en signe de reddition.

— Putain de merde ! Bella va me tuer. Promets-moi sur la tête de tes enfants que tu n'en parleras pas à Aaren.

— Je t'en fais le serment.

Bon sang ! Pourquoi elle fait tant de cachotteries et de détours ? Elle sait que je déteste ça.

— Tu ne trouves pas que Cash ressemble à quelqu'un ? demande-t-elle en pinçant les lèvres.

Il me faut quelques secondes pour comprendre, puis mes yeux s'écarquillent de stupeur et je secoue la tête de gauche à droite.

— Tu ne dis rien, James ! Tu me l'as promis.

— Mais non ! Mais non ! Putain, mais non !

— C'est sa décision et nous devons la respecter.

— J'aurais préféré ne pas savoir.

Lacey passe ses bras autour de moi et me serre contre elle.

— Moi, je suis heureuse d'être déchargée de ce poids. Tu comprends maintenant que ça ne fonctionnerait pas s'ils devaient se mettre en couple, car lorsqu'Aaren apprendrait ça…

Elle ne poursuit pas et ancre ses yeux dans les miens pour savoir ce que j'en pense.

— Je sais que tu te dis qu'il doit le savoir, mais ce n'est pas à nous de décider.

— Je sais ! Putain, ce secret est gros comme une maison maintenant que je sais.

— Maintenant que tu sais quoi ? demande une voix dans mon dos.

Je me retourne vivement et fixe Aaren qui tient Penny dans ses bras. Lacey saute en bas du comptoir et va prendre notre fille pour le mettre dans son lit.

— C'est de moi que vous parliez ? m'interroge mon frangin.

— Comme si on ne faisait que ça, Aaren. Où est Bella ?

— Elle surveille les enfants. Je vais la rejoindre dans quelques minutes. Explique-moi de quoi vous parliez. Qu'est-ce que tu ne dois pas me dire ? Parce que c'est bien de moi que tu parles, non ?

— Ne commence pas à faire le parano, Aaren. Lacey et moi connaissons beaucoup de gens, pas seulement toi. Elle m'expliquait que Violet, la femme du chanteur d'un groupe dont je m'occupe, a attrapé un sale truc et l'a refilé à son mec. Je vais retrouver Arabella sur la plage pour l'aider et lui tenir compagnie.

Pendant quelques secondes, il me fixe, puis secoue la tête.

— Les gens sont fous, comme si on pouvait cacher ce genre de chose. En tout cas, j'aimerais savoir si mon pénis est malade.

— Et moi donc, marmonné-je.

Sans trop attendre, je file vers la porte et remonte vers la plage pour aider Bella avec les enfants. Je m'assieds à côté d'elle et lui souris.

— T'es bizarre, James.

— Il est mignon, ton fils. Il a un petit air de Combs, tu ne trouves pas.

Surprise par mes mots, sa tête pivote et elle plisse les yeux.

— Lacey, sale petite traîtresse ! s'écrie-t-elle.

— Ne lui en veux pas. Je l'ai un peu obligée à me le dire. En revanche, je tenais à ce que tu saches que Lacey et moi allons toujours être là si tu as besoin de quoi que ce soit.

— Je sais. Et j'ai voulu lui en parler plus d'un million de fois, mais j'ai peur qu'il me repousse.

— Tu es une femme superbe et il serait vraiment stupide de le faire.

— Pourtant, ç'a été le cas des dizaines et des dizaines de fois. Je ne suis jamais celle qu'il choisit.

Zélie s'avance vers nous et s'assied sur mes cuisses.

— Papa, est-ce qu'on peut rentrer pour manger, j'ai faim ? demande-t-elle.

— Oui, Penny, maman et tonton sont déjà à la villa. Tu veux nous aider à tout ranger ?

Ma fille opine du chef et ramasse tout ce qui traîne. Je me lève et tends les mains vers Bella pour l'aider. En tirant, mon épaule craque. Une grimace de douleur déchire mon visage et annonce à Arabella que ça fait mal.

— Est-ce que ça va ?

— Ouais, t'inquiète pas. Rivers, Cash, venez, on rentre.

Les garçons ramassent leurs seaux et leurs jouets pour les mettre dans un grand sac. Arabella doit prendre le parasol, car mon épaule est trop douloureuse pour que je le porte. C'est idiot, parfois ça va, mais d'autres fois, je porte un de mes enfants et la douleur reprend le dessus. Le docteur m'a expliqué que la balle a presque sectionné le muscle relié à l'humérus, ce qui me cause bien des problèmes. Nous rentrons, déposons nos affaires à l'entrée.

— Où est maman ? demande Zélie à son oncle.

— Dans la chambre avec Penny.

— Les enfants, vous voulez de la salade de fruits ? leur proposé-je.

Zélie acquiesce tout de suite, mais les garçons sont moins enthousiasmés quand c'est quelque chose de bon pour la santé. Les enfants me suivent dans la salle à manger. J'installe tout le monde et commence à servir la collation quand Lacey vient me trouver avec Penny dans les bras.

— Tu peux la prendre un moment ?

— Pas aujourd'hui.

Je lui montre mon épaule d'un signe du menton. Ne pas pouvoir tenir mes enfants dans mes bras aussi souvent que je le souhaiterais est vraiment la seule fois où avoir pris cette balle pour ma fille m'écœure. Dans d'autres circonstances, je m'en fous totalement. Lacey dépose Penny dans la chaise haute et m'aide à servir la collation.

— Où sont Aaren et Bella ? demande-t-elle.

— Ils étaient au salon tout à l'heure. Je vais voir.

Lacey s'assied à côté de Rivers et lui caresse les cheveux. Voyant qu'ils ne sont pas là, j'ouvre la porte pour vérifier s'ils ne sont pas retournés sur la plage, mais je n'ai pas besoin de sortir pour les entendre.

— Tu aurais dû me le dire, putain ! hurle Aaren. Tu pensais quoi ? Me cacher ça toute sa vie.

Je referme tout de suite et vais retrouver Lacey à la cuisine.

— Je crois qu'Aaren a entendu toute notre conversation, murmuré-je contre son oreille.

Ma femme lève vers moi un regard inquiet et tire sa chaise pour aller les trouver, mais Aaren arrive dans la cuisine au même moment.

— Je dois rentrer à Los Angeles plus tôt que prévu, annonce-t-il. Je vais préparer mes bagages.

Avant de quitter la pièce, il lance un regard à Cash et file comme s'il avait le feu au cul. Lacey et moi échangeons un regard lourd de sens. Je m'apprête à suivre mon frère, mais Arabella entre dans la cuisine.

— Ne le fais pas, James. Laisse-le partir. Il doit digérer mon mensonge et c'est son droit.

— Je vais quand même m'assurer qu'il va bien.

Je quitte la cuisine et vais retrouver Aaren dans la chambre. Contrairement à ce que je croyais, il n'est pas en train de faire ses valises, il est simplement assis sur le lit à fixer le vide.

— Tu vas bien, mon frère ? demandé-je.

— Non ! Pas du tout même ! Cash… Un jour, je lui avais confié que si j'avais un garçon, j'aimerais l'appeler Cash. C'est un prénom que j'ai toujours affectionné. Donc quand elle m'a dit qu'elle appellerait son fils ainsi, j'ai été choqué. Maintenant, plus d'indices sautent dans ma tête. J'ai juste été con.

Je m'assieds à côté de lui.

— T'es pas obligé de partir, Aaren. Je crois que ce serait bien que tu restes et apprennes à connaître ce gamin comme étant ton fils.

— Je me sens perdu complètement, James.

— Pour une fois que c'est moi qui tente de régler tes problèmes, et non l'inverse.

— T'es con ! Je préfère lorsque c'est toi qui es dans les ennuis jusqu'au cou.

— Viens nous retrouver. Nous mangeons de la salade de fruits. Les boys sont fous de joie.

Je me lève et lui fais signe de me suivre, chose qu'il fait sans rechigner. Lorsque nous arrivons dans la cuisine, je prends place à côté de Lacey et Aaren près de Bella. Il se tourne vers Cash et lui sourit. Ma femme plante un baiser sur ma joue avant de me dire qu'elle m'aime. Je regarde les enfants, Arabella, puis mon frère, pour terminer par celle que j'aime le plus au monde. Ma famille est tellement belle et me remplit de bonheur. Je me doute bien que tout n'est pas gagné pour Aaren et Bella, mais je crois sincèrement que tout n'est pas perdu, car, si nous avons pu nous en sortir avec Lacey, eux aussi le peuvent.

Fin

Remerciements

J'ai un peu de difficulté à croire que j'ai réellement terminé l'histoire de James et Lacey. Jamais ça n'aurait été possible sans Élodie Belbrahem. Sans cesse, elle est là pour m'aider à prendre du recul sur chaque situation et m'aider à voir le meilleur dans chaque chose. *Hopeless romantic* est aussi son histoire, car elle a aimé chacun des personnages d'un amour inconditionnel. OK, c'est faux, elle détestait Félicia, mais qui pourrait lui en vouloir ?

Loëtitia Correa, nos échanges matinaux, nos fous rires, notre humeur complètement barrée… je n'échangerais rien de tout cela. Souvent, nous faisons des rencontres, elles nous effleurent seulement, puis il y a celle comme la nôtre, qui est simplement renversante.

Ma bizoune Edwige Ndibi qui est toujours là pour moi et me remonter le moral.

Ma famille et mes amis sans qui je ne serais pas complète. Je sais que, parfois, je vous rends dingue à préférer rester à la maison plutôt que d'aller à vos soirées, mais je sais aussi que vous comprenez l'importance de l'écriture pour moi.

Et il y a aussi tout un tas de gens que j'oublie et que je dois absolument remercier d'être toujours présents pour moi, mais il m'est impossible de tous les citer ici.

Et puis, il y a Evidence Editions qui me suit dans chaque projet. C'est important pour un auteur de se sentir appuyée et soutenue. Merci pour cela.

À bientôt,

Sissie

Biographie

Sissie Roy a fait ses études à l'école Cité Étudiante Polyno. Elle est l'intervenante en santé mentale à l'organisation *Le trait d'union*.

Sissie Roy vit dans la région administrative d'Abitibi, dans l'ouest de la province du Québec, au Canada. Elle est l'aînée d'une fratrie de trois enfants. C'est sa grand-mère qui lui a donné le goût de la lecture. Elle a commencé à écrire à l'adolescence, pour s'évader des maux causés par cette phase de la vie parfois horrible, mais ce n'est que depuis cinq ans qu'elle s'est mise à écrire des histoires.

Auparavant, elle n'écrivait que des chansons et des poèmes.

Écrire s'est imposé peu à peu dans sa vie, pour devenir aujourd'hui une véritable nécessité.

Bibliographie

From the window, Evidence Editions, 2019
King of fools, tome 1 : ***Logan***, Evidence Editions 2020
King of fools, tome 2 : ***Madden***, Evidence Editions 2020
King of fools, tome 3 : Griffin, Evidence Editions, 2020
King of fools, tome 4 ***: Benjamin***, Evidence Editions, 2020
Hopeless Romantic, tome 1 : Lies, Evidence Editions, 2020
Hopeless Romantic, tome 2 : Pain, Evidence Editions, 2020
Together, tome 1 : Enemy, Evidence Editions, 2020
Together, tome 2 : Truth, Evidence Editions, 2020
Together, tome 3 : Collapse, Evidence Editions, 2020
Together, tome 4 : Comeback, Evidence Editions, 2020
Together, tome 5 ***: Forgive***, Evidence Editions, 2020
Marry me ! Evidence Editions, 2020
Life or death, Evidence Editions, 2021
Hell & Consequence, tome 1 Open Wound, Evidence Editions, 2021

Mentions légales

ISBN : 979-10-348-1664-4
ISSN : 2553-2421

Evidence Editions
2 rue Abbé Grégoire
17 000 La Rochelle

Site Internet : www.evidence-editions.com
Boutique : www.evidence-boutique.com

Dépôt légal mars 2021

Achevé d'imprimer chez SoBook le 23-02-2021

Linselles - France

N° impression : 681 181